鲁彦经典作品集

鲁彦 著

花山文艺出版社

河北·石家庄

图书在版编目（CIP）数据

鲁彦经典作品集 / 鲁彦著. -- 石家庄 ：花山文艺
出版社，2018.4（2024.6 重印）
ISBN 978-7-5511-3886-4

Ⅰ．①鲁… Ⅱ．①鲁… Ⅲ．①散文集－中国－现代
Ⅳ．①I266

中国版本图书馆CIP数据核字（2018）第048948号

书　　名：**鲁彦经典作品集**
　　　　　LU YAN JINGDIAN ZUOPIN JI

著　　者：鲁 彦

策　　划：张采鑫
责任编辑：李倩迪
特约编辑：李文生
装帧设计：北京九洲鼎图书有限公司
美术编辑：王爱芹
出版发行：花山文艺出版社（邮政编码：050061）
　　　　　（河北省石家庄市友谊北大街330号）
销售热线：0311-88643299/96/17
印　　刷：三河市中晟雅豪印务有限公司
经　　销：新华书店
开　　本：710mm×1000mm　1/16
印　　张：9
字　　数：100千字
版　　次：2018年6月第1版
　　　　　2024年6月第3次印刷
书　　号：ISBN 978-7-5511-3886-4
定　　价：49.80元

乡土文学的作家代表！

——鲁迅

我好像看见作者（鲁彦）的太炽热的心，在冷冰冰的空气里跳跃，它有很多要诅咒，有很多要共鸣，有很多要反抗，它焦灼地团团转，终于找不到心安的理想、些微的光明来。或者有人要说，像这样的焦灼的跳动的心，是只有起人哀怜而没有积极的价值；但在我，却以为至少这是一颗热腾腾跳动的心，不是麻木的冷的死的。

——茅盾

那种热烈的人道主义的气息，那种对于社会不义的控诉，震撼了我的年轻的心。我无法否认我当时受到的激励。自然我不能说你给我指引过道路，不过我若说在那路上 你曾经扶过我一把，那倒不是夸张的话。我们十三年的友情就建立在这一点感激上面。

——巴金

序

中华人民共和国成立几十年来，语文教学实现了由"语文教学大纲"到"语文课程标准"再到"语文核心素养"的三级跳远。如果说"语文教学大纲"解决了森林的每棵树是什么的问题，那么，"语文课程标准"就解决了由树成林的整体观是什么样子的问题，而"语文核心素养"则解决了树如何成林、成林后有什么用处的大问题。

在"语文教学大纲"时代，传递一个一个的知识点是教学的重要任务，于是文章里的知识点在课堂上被一一讲解，学生虽掌握了知识点却难免"只见树木不见森林"。"语文课程标准"的颁布实施，让语文教学前进了一大步，真正把语文教学放在"课程"里整体思考，整体设计教学思路，将知识、能力、情感、态度、价值观融为一体统筹安排，但其终极目标还不够清晰。"语文核心素养"是在全面落实"立德树人"教育目标下提出来的，旨在通过语文自有的教育功能为当代合格青少年的成长过程提供必要的养料和条件。

什么是"语文核心素养"？北京师范大学资深教授王宁认为，语文核心素养是学生在积极主动的语言实践活动中构建起来，并在真实的语言运用情境中表现出来的个体语言经验和言语品质；是学生在语文学习中获得的语言知识与语言能力、思维方法和思维品质，是基于正确的情感、态度和价值观的审美情趣和文化感受能力的综合体现。简言之，语文核心素养包含四个关键词，即语言、思维、审美和文化。

我们为什么要阅读经典，如何阅读经典，它和语文核心素养的养成有什么关系？

我们可以站在阅读经典这个制高点上，去回首我们的过去的经历，评判我们的得失；也可以以更加开阔的视野瞭望世界，"极目楚天舒"。这说明"读什么"比"怎么读"更为重要。

中外经典繁多。中国古代文学是一座宝库，但阅读它们需要掌握一定的知识和能力，需要有适合的导读和引领。中国现代文学离我们不太遥远，其所处时代的特殊性给我们的阅读提供了多种可能性。因此，在几年前"经典阅读与中学语文教学"课题被中国教育学会中学语文教学专业委员会批准立项时，课题组就锁定中国现代文学经典作为研究对象。这些经典，不仅有20世纪二十至四十年代冲破铁屋子的呐喊、落后与苦难下的坚守、民族存亡的抗争，也有中华人民共和国成立的喜悦和人民投身火热建设中的豪情，作品中表现的家国情怀无不令人动容。通过阅读这些经典，学习作家们的语言运用技巧，以积累好词好句，提升自己的语言建构与运用能力；学习作家们批判与发现的精神，以促进自己的思维发展与提升；学会欣赏和评价作家们的作品，以培养自己的审美鉴赏与创造能力；学习作家们对中外文化的包容、借鉴、继承，以加强自己对文化的传承与理解。

最后借用我国著名作家王蒙先生的话与读者共勉：读书的亮点在于照亮生活，生活的亮点包括积累智慧与学问。生活与读书是互见、互证、互相照耀的关系。用脑阅读，用心阅读！用阅读攀登精神的高峰！

目录

静寂，静寂，四面八
方都是静寂，失望者
没有回答我，失望者
听不见我的喊声。

散

文

雪

美丽的雪花飞舞起来了。我已经有三年不曾见着它。

去年在福建，仿佛比现在更迟一点，也曾见过雪。但那是远处山顶的积雪，可不是飞舞着的雪花。在平原上，它只是偶然地随着雨点洒下来几颗，没有落到地面的时候。它的颜色是灰的，不是白色；它的重量像是雨点，并不会飞舞。一到地面，它立刻融成了水，没有痕迹，也未尝跳跃，也未尝发出窸窣的声音，像江浙一带下雪时的模样。这样的雪，在四十年来第一次看到它的老年的福建人，诚然能感到特别的意味，谈得津津有味，但在我，却总觉得索然。"福建下过雪"，我可没有这样想过。

我喜欢眼前飞舞着的上海的雪花。它才是"雪白"的白色，也才是花一样的美丽。它好像比空气还轻，并不从半空里落下来，而是被空气从地面卷起来的。然而它又像是活的生物，像夏天黄昏时候的成群的蚊蚋，像春天流蜜时期的蜜蜂，它的忙碌的飞翔，或上或下，或快或慢，或粘着人身，或拥入窗隙，仿佛自有它自己的意志和目的。它静默无声。但在它飞舞的时候，我们似乎听见了千百万人马的呼号和脚步声，大海的汹涌的波涛声，森林的狂吼声，有时又似乎听见了情人的切切的密语声，礼拜堂的平静的晚祷声，花园里的欢乐的鸟歌声……它所带来的是阴沉与严寒。但在它的飞舞的姿态中，我们看见了慈善的母亲、柔和的情人、活泼的孩子、微笑的花、温暖的太阳、静默的晚霞……它没有气息。但当它扑到我们面上的时候，我们似乎闻到了旷野间鲜洁的空气的气息，山谷中幽雅的兰花的气息，花园里浓郁的玫瑰的气息，清淡的茉莉花的气息……

在白天，它做出千百种婀娜的姿态；夜间，它发出银色的光辉，照耀着我们行路的人，又在我们的玻璃窗上喳喳地绘就了各式各样的花卉和树木，斜的，直的，弯的，倒的；还有那河流，那天上的云……

现在，美丽的雪花飞舞了。我喜欢，我已经有三年不曾见着它。我的喜欢有如四十年来第一次看见它的老年的福建人。

但是，和老年的福建人一样，我回想着过去下雪时候的生活，现在的喜悦就像这钻进窗隙落到我桌上的雪花似的，渐渐融化，而且立刻消失了。

记得某年在北京，一个朋友的寓所里，围着火炉，煮着全中国最好的白菜和面，喝着酒，剥着花生，谈笑得几乎忘记了身在异乡；吃得满面通红，两个人一路唱着，一路踏着吱吱地叫着的雪，踉跄地从东长安街的起头蹀到西长安街的尽头，又忘记了正是异乡最寒冷的时候。这样的生活，和今天的一比，不禁使我感到惘然。上海的朋友们都像是工厂里的机器，忙碌得一刻没有休息；而在下雪的今天，他们又叫我一个人看守着永不会有人或电话来访问的房子。这是多么孤单、寂寞、乏味的生活。

"没有意思！"我听见过去的我对今天的我这样说了。正像我在福建的时候，对四十年来第一次看见雪的老年的福建人所说的一样。

但是，另一个我出现了。他是足以对着过去的北京的我射出骄傲的眼光来的我。这个我，某年在南京下雪的时候，曾经有过更快活的生活：雪落得很厚，盖住了一切的田野和道路。

我和我的爱人在一片荒野中走着。我们辨别不出路径来，也并没有终止的目的。我们只让我们的脚欢喜怎样就怎样。我们的脚常常欢喜踏在最深的沟里。

我们未尝感到这是旷野，这是下雪的时节。我们仿佛是在花园里，路是平坦的，而且是柔软的。我们未尝觉得一点寒冷，因为我们的心是热的。

"没有意思！"我听见在南京的我对在北京的我这样说了。

正像在北京的我对着今天的我所说的一样，也正像在福建的我对着四十年来第一次看见雪的老年的福建人所说的一样。

然而，我还有一个更可骄傲的我在呢。这个我，是有过更快乐的生活的，在故乡：冬天的早晨，当我从被窝里伸出头来，感觉到特别寒冷，隔着蚊帐望见天窗特别的阴暗，我就首先知道外面下了雪了。"雪落啦白洋洋，老虎拖娘娘……"这是我躺在被窝里反复唱着的欢迎雪的歌。别的早晨，照例是母亲和姊姊先起床，等她们煮熟了饭，拿了火炉来，代我烘暖了衣裤鞋袜，才肯钻出被窝，但是在下雪天，我就有了最大的勇气。我不需要火炉，雪就是我的火炉。我把它捻成了团，捧着，丢着。我把它堆成了一个和尚，在它的口里，插上一支香烟。

我把它当作糖，放在口里。地上的厚的积雪，是我的地毯，我在它上面打着滚，翻着筋斗。它在我的底下发出嗤嗤的笑声，我在它上面哈哈地回答着。我的心是和它合一的。我和它一样柔和，和它一样洁白。我同它到处跳跃，我同它到处飞跑着。

我站在屋外，我愿意它把我造成一个雪和尚。我躺在地上愿意它像母亲似的在我身上盖下柔软的美丽的被窝。我愿意随着它在空中飞舞。我愿意随着它落在人的肩上。我愿意雪就是我，我就是雪。我年轻。我有勇气。

我有最宝贵的生命的力。我不知道忧虑，不知道苦恼和悲哀……

"没有意思！你这老年人！"我听见幼年的我对着过去的那些我这样说了。正如过去的那些我骄傲地对别个所说的一样。

不错，一切的雪天的生活和幼年的雪天的生活一比，过去的和现在的喜悦是像这钻进窗隙落到我桌上的雪花一样，渐渐融化，而且立刻消失了。

然而对着这时穿着一袭破单衣，站在屋角里发抖的或竟至于僵死在雪地上的穷人，则我的幼年时候快乐的雪天生活的意义，又如何呢？这个他对着这个我，不也在说着"没有意思！"的话吗？

而这个死有完肤的他，对着这时正在零度以下的长城下，捧着冻结了的机枪，即将被炮弹打成雪片似的兵士，则其意义又将怎样呢？"没有意思！"这句话，该是谁说呢？

天啊，我不能再想了。人间的欢乐无平衡，人间的苦恼亦无边限。世界无终极之点，人类亦无末日之时。我既生为今日的我，为什么要追求或留恋今日的我以外的我呢？今日的我虽说是寂寞地孤单地看守着永没有人或电话来访问的房子，但既可以安逸地躲在房子里烤着火，避免风雪的寒冷；又可以隔着玻璃，诗人一般地静默地鉴赏着雪花飞舞的美的世界，不也是足以自满的吗？

抓住现实。只有现实是最宝贵的。

眼前雪花飞舞着的世界，就是最现实的现实。

看啊！美丽的雪花飞舞着呢。这就是我三年来相思着而不能见到的雪花。

故乡的杨梅

过完了长期的蛰伏生活，眼看着新黄嫩绿的春天爬上了枯枝，正欣喜着想跑到大自然的怀中，发泄胸中的郁抑，却忽然病了。

唉，忽然病了。

我这粗壮的躯壳，不知道经过了多少炎夏和严冬，被轮船和火车抛掷过多少次海角与天涯，尝受过多少辛劳与艰苦，从来不知道战栗或疲倦的啊，现在却呆木地躺在床上，不能随意地转侧了。

尤其是这躯壳内的这一颗心。它历年可是铁一样的。对着眼前的艰苦，它不会畏缩；对着未来的憧憬，它不肯绝望；对着过去的痛苦，它不愿回忆的啊，然而现在，它却尽管凄凉地往复地想了。

唉，唉，可悲啊，这病着的躯壳的病着的心。

尤其是对着这细雨连绵的春天。

这雨，落在西北，可不全像江南的故乡的雨吗？细细的，丝一样，若断若续的。

故乡的雨，故乡的天，故乡的山河和田野……还有那蔚蓝中衬着整齐的金黄的菜花的春天，藤黄的稻穗带着可爱的气息的夏天，蟋蟀和纺织娘们在濡湿的草中唱着诗的秋天，小船吱吱地触着沉默的薄冰的冬天……还有那熟识的道路，还有那亲密的故居……

不，不，我不想这些，我现在不能回去，而且是病着，我得让我的心平静：

恢复我过去的铁一般的坚硬，告诉自己：这雨是落在西北，不是故乡的雨——而且不像春天的雨，却像夏天的雨。

不要那样想吧，我的可怜的心啊，我的头正像夏天的烈日下的汽油缸，将要炸裂了，我的嘴唇正干燥得将要迸出火花来了呢。让这夏天的雨来压下我头部的炎热，让……让……

唉，唉，就说是故乡的杨梅吧……它正是在类似这样的雨天成熟的啊。

故乡的食物，我没有比这更喜欢的了。倘若我爱故乡，不如就说我完全是爱的这叫作杨梅的果子吧。

啊，相思的杨梅！它有着多么惊异的形状，多么可爱的颜色，多么甜美的滋味呀。

它是圆的，和大的龙眼一样大小，远看并不稀奇，拿到手里，原来它是遍身生着刺的哩。这并非是它的壳，这就是它的肉。不知道的人，一定以为这满身生着刺的果子是不能进口的了，否则也须用什么刀子削去那刺的尖端的吧？然而这是过虑。

它原来是希望人家爱它吃它的。只要等它渐渐长熟，它的刺也渐渐软了，平了。那时放到嘴里，软滑之外还带着什么感觉呢？

没有人能想得到，它还保存着它的特点，每一根刺平滑地在舌尖上触了过去，细腻柔软而且亲切——这好比最甜蜜的吻，使人迷醉啊。

颜色更可爱呢。它最先是淡红的，像娇嫩的婴儿的面颊，随后变成了深红，像是处女的害羞，最后黑红了——不，我们说它是黑的。然而它并不是黑，也不是黑红，原来是红的。太红了，所以像是黑。轻轻地啄开它，我们就看见了那新鲜红嫩的内部，同时我们已染上了一嘴的红水。说它新鲜红嫩，有的人也许以为一定像贵妃的肉色似的荔枝吧？嗳，那错了。荔枝的光色是呆板的，像玻璃，像鱼目；杨梅的光色却是生动的，像映着朝霞的露水呢。

滋味吗？没有十分成熟是酸带甜，成熟了便单是甜。这甜味可决不使人讨厌，不但爱吃甜味的人尝了一下舍不得丢掉，就连不爱吃甜味的人也会完全给它吸引住，越吃越爱吃。它是甜的，然而又依然是酸的，而这酸味，我们须待吃饱了杨梅以后，再吃别的东西的时候，才能领会得到。那时我们才知道自己的牙齿酸了，软了，连豆腐也咬不下了，于是我们才恍然悟到刚才吃多了酸的杨梅。我们知道这个，然而我们仍然爱它，我们仍须吃一个大饱。它真是世上最迷人的东西。

唉，唉，故乡的杨梅啊。

细雨如丝的时节，人家把它一船一船地载来，一担一担地挑来，我们一篮一篮地买了进来，挂一篮在檐口下，放一篮在水缸盖上，倒上一脸盆，用冷水一洗，一颗一颗地放进嘴里，一面还没有吃了，一面又早已从脸盆里拿起了一颗，一口气吃了一二十颗，有时来不及把它的核一一吐出来，便一直吞进了肚里。

"生了虫呢……蛇吃过了呢……"母亲看见我们吃得快，吃得多，便这样说了起来，要我们仔细地看一看，多多地洗一番。

但我们并不管这些，它成了我们的生命，我们越吃越快了。

"好吃，好吃。"我们心里这样想着，嘴里却没有余暇说话。待肚子胀上加胀，胀上加胀，眼看着一脸盆的杨梅吃得一颗也不留，这才呆笨地挺着肚子，走了开去，叹气似的嘘出一声"咳"来……

唉，可爱的故乡的杨梅啊。

一年，两年……我已有十六七年不曾尝到它的滋味了。偶尔回到故乡，不是在严寒的冬天，便是在酷热的夏天，或者杨梅还未成熟，或者杨梅已经落完了。这中间，曾经有两次，在异地见到过杨梅，比故乡的小，比故乡的酸，颜色又不及故乡的红。我想回味过去，把它买了许多来。

"长在树上，有虫爬过，有蛇吃过呢……"

我现在成了大人，有了知识，爱惜自己的生命甚于杨梅了。

我用沸滚的开水去细细地洗杨梅，觉得还不够消除那上面的微菌似的。

于是它不但更不像故乡的，简直不是杨梅了。我只尝了一二颗，便不再吃下去。

最后一次我终于在离故乡不远的地方见到了可爱的故乡的杨梅。

然而又因为我成了大人，有了知识，爱惜自己的生命甚于杨梅，偶然发现一条小虫，也就拒绝了回味的欢愉。

现在我的味觉也显然改变了，即使回到故乡，遇到细雨如丝的杨梅时节，即使并不害怕从前的那种吃法，我的舌头应该感觉不出从前的那种美味了，我的牙齿应该不能像从前似的能够容忍那酸性了。

唉，故乡离开我愈远了。

我们中间横着许多鸿沟。那不是千万里的山河的阻隔，那是……

唉，唉，我到底病了。我为什么要想到这些呢？

看啊，这眼前的如丝的细雨，不是若断若续地落在西北的春天里吗？

狗

"我们的学校明天放假，爱罗先珂君请你明晨八时到他那里，一同往西山去玩。"一位和爱罗先珂君同住的朋友来告诉我说。

"好极了，好极了！"我喜欢地跳了起来，两只手如鼓槌似的乱敲着桌子。

同房的两位朋友见我那种样子，哈哈地大笑了。

住在北京城里，只是整天地吃灰吃沙，纵使有鲜花一般的灵魂的人也得憔悴了。

到马路上去，不用说；大风起时，院子内一畚箕一畚箕扫不尽的黄沙也不算稀奇；可是没有什么风时关着门，房内桌上的灰也会渐渐地厚起来，这又怎么说呢？

北京城里有几条河，都如沟一样的大，而且臭不堪闻。有几个池多关在皇宫里，我不知他们为什么叫那些池为"海"，或许想聊以自慰吧。所谓后海，现在已种了东西。

北京城里也有几个小山，但是都被锁在皇宫里。

这样苦恼的地方，竟将我漂流的人留了四五年，我若是不曾见过江南的风景倒也罢了，却偏偏又是生长在江南。

许多朋友都羡慕我，说我在北京读了这许久的书，却不知道我肚里吃饱了灰。

西山离城三十余里，是一座有名的山，到过北京的人，大概都要去游几次。只有我这倒霉的人，一听人家谈起西山就红了脸。

来去的费用原花不了多少，然而"钱"大哥不听我的命令，实在也是无可奈何的事情。

扑满虽曾买过几次，但总不出半月就碎了。

从高柜子上换得的几千钱，也屡屡不能在衣袋中过夜。

不幸，住在北京四五年，竟不曾去过一次。这次爱罗先珂君邀我一道去游这里的名山，我还不喜欢吗？

和爱罗先珂君同住的朋友走后，我就急忙预备我的东西。从洗衣店里取回了一身衬衣，从抽斗角里找出了一本久已弃置的抄写簿，削尖了一只短短的铅笔，从朋友处借来了一只金黄色的热水瓶。

晚饭只吃了一碗，因为我希望黑夜早点上来。

约莫八点钟，我就不耐烦地躺在床上等候睡神了。

"时间"是我们少年人的仇敌。越望它慢一点来，好让我们少长一根胡髭，它却越来得迅速，比闪电还迅速；越希望它快一点来，好让我们早接一个甜蜜的吻，它却越来得迟缓，比骆驼还迟缓。

"天亮了吗？天亮了吗？"我时时睡眼蒙眬地问，然而仔细一看，只是窗外的星和挂在墙上的热水瓶的光。

"亮了！亮了！……"窗外的雀儿叫了起来。我穿了衣，下了床，东方才发白，不敢惊动同房的朋友，只轻轻地开了门走到院中。

天空浅灰色，西北角上浮着几颗失光的星。隔墙的柳条儿静静地飘荡着，一切都还在甜睡中，只有三五只小雀儿唱着悦耳的晨歌，打破了沉寂。我静静地站着，吸着新鲜的空气，脑中充满了无限的希望，浑身沐在欢乐之中了。

天空渐渐变成淡白的——白的——浅红的——红的——玫瑰色的颜色。雀儿的歌声渐渐高了起来，各处都和奏着。巷外的车声和脚步声渐渐繁杂起来。一会儿，柳梢上首先吻到了一线金色的曙光，和奏中加入了鹊儿的清脆的歌声。巷内的人家都砰砰地开了门，我的旅馆的茶房也咳嗽着开了大门。

我回到房中，那两位朋友还呼呼地酣睡着。开了窗子，在桌旁坐下，看着他们沉醉似的微笑的脸，我暗暗地想道：

"西山也有如梦一般的甜蜜吗？"

一会儿，茶房送了脸水来。我洗过脸，挂上热水瓶，带了簿子和铅笔要走了。回过头去一看，那两位朋友依然呼呼地酣睡着，看着他们沉醉似的微笑的脸，我对他们低低地吟道：

"静静地睡着吧，亲爱的朋友们。梦中如有可爱的人儿，就不必回来了。"

太阳已将世界照得灿烂，微风摇曳着地上的柳影，我慢慢儿地踏了过去。

在路旁的小店里，我买了几个烧饼，一面咬着，一面含糊地唱着歌，仰着头呆看那天上的彩云，脚步极其缓慢地移动着。今天出门早，早到爱罗先珂君处也要等待，所以走得特别慢。

然而事实并不这样，这极长极长的路，却不知不觉地一会儿就走完了。

爱罗先珂君仍和平日一样赤着脚躺在床上和一个朋友谈话。他热烈地握着我的手，问我为什么来得这样早，我说我的灵魂还要早呢，它昨夜已到了西山了。他微微一笑，将我的手紧紧地捏了一捏。

我们三人吃了一点饼干，谈了一会儿，就陆续来了几位朋友。要动身时凑巧又来了一个日本的记者，谈论许久，说是爱罗先珂君将离开中国，要照一个相。照相后，我们方才动身。一起去的人十二个，除爱罗先珂君外，其中有一个日本人、四个中国人，其余都是朝鲜人；我们随身带去一点橘子、糕饼等物。

出了西直门，我们分两路走。坐洋车的往大路，骑驴子的往小路。我和爱罗先珂君都喜欢骑驴子。

那时正是植树节，又逢晴天，我们曲曲折折地在田间小路上走，享受不尽春日的野景。有些人唱着日本歌，有些人唱着世界语歌，有些人唱着中国歌。我的驴子比谁的都快，只要我"嘚……"一喝，拉紧缰绳，它就飞也似的往前疾驰。只是别的驴子多不肯跟着上来，它们都走得很慢，使我屡次不耐烦地在前面等。有一次我的驴子在路旁等它们，让它们往前走，不知怎的，忽然那些驴子都疾驰起来。我很奇怪，将自己的驴子跟在别一匹驴子后一试，也多是这样。后来我仔细一看，原来我的驴子要咬别的驴子的屁股，别的怕了起来，所以疾驰了。于是我发明了一种方法，等大家鞭不快驴子时，我就挽转缰绳跑了回去，跟在后面。

这样一来，大家就走得快了。

"为什么它们不怕鞭子，只怕你呀？"爱罗先珂君惊异地问我。

"因为我的驴子是雄的……"我回答说。

大家都笑了。

西山原不很远，我们出城门时早已望见，但是仿佛有谁妒忌我们似的，任我们如何走得快，他只是将西山暗暗地往远处移去。我很焦急，爱罗先珂君也时时问我远近。确实的里数我不知道，我便问驴夫。

离山不远时，路上的石子渐渐多了起来，最后便满路上都是。那些灰白色的石子重重地堆盖着，高高低低，不曾砌入泥中，与普通的石子路完全不同。驴子的脚踏下去，石子就往四面移动。在这一条路上，真是"英雄无用武之地"，我的驴子虽有"千里之材"，也不能在这里施展，一不小心，就是颠蹶。大家只好叹一口气，无可奈何地慢慢儿走。驴蹄落在石子上，发出轧轧的声音。我觉得我是坐在骆驼上。

这时离山已很近，山上青苍的丛林、孤野的茅亭、黄色的寺院，以及山脚下的屋子都渐渐在我们眼前清楚起来。喜悦从我的心底涌了上来，我时时喊着："到了！到了！"爱罗先珂君的眉毛飞舞着，他似乎比我还喜欢。大家望着山景，手指着东，指着西，谈那风景。

我仿佛得了胜利似的，在他们的前面走。

忽然，一阵低低的呜咽声激动了我的耳鼓。我朝前一看，有一个衣服褴褛的妇人坐在路的右边哭泣。她的头发蓬乱，脸色又黑又黄，消瘦得很，约莫四十岁。她坐在路外斜地上，下面是一条一丈许深的干了的沟。她拉着草坐着，似要倒下去的一般。哭泣声很低微，无力似的低微。

"游览的地方，都有这种乞丐。"我略略一想，就昂着头过去了。

"先生！先生！"爱罗先珂君在后面喝了起来。

我仍然往前走着，只回过头来问他什么。

"什么人在路旁哭哇！王先生？"他说着已经走过了那妇人的面前。

"是一个妇人。"我说。

"她为什么哭着？什么样的人呢？"

"或许是要钱吧，穷人。"我说着仍昂然地往前走。

爱罗先珂君是在我后面的第四个人，他的前面是一个朝鲜人。他用日本话问那朝鲜人，朝鲜人也用日本话回答他，似乎在将那妇人的模样描述给他听。

"王先生！你为什么不下去问问她呀？"爱罗先珂君愤然地问我。这时离那妇人已经很远了。

我没有回答。我觉得这没有问的必要。在游览的地方，我曾看见过许多没有手和脚的乞丐，他们都是用这种方法讨钱的。

"你为什么不下去问问她呢，王先生？你为什么不给她一点钱呢？"爱罗先珂君连接地问我。

乞丐不来扯我的驴子，我却下去问她？平日乞丐扯着我的车子跟了来，我总是摇一摇头。多跟了一程，我就圆睁着眼，暴怒似的大声地说："没有！"向来不肯说"滚"，这已是很慈悲的了，今天却要我下去问她？——但是我想不出一句话回答爱罗先珂君。

我一摸口袋，袋中有六七元的铜子票。爱罗先珂君出来时共带了十二三元，在路上都换了铜子票，一半交给了坐车去的，一半交给了我，我这时想依从爱罗先珂君的意思回转去给她一点钱，但回头一看，已距离得很远，便仍往前走了。

爱罗先珂君知道我没有什么话可以回答，很愤怒地在后面和朝鲜的朋友谈着。

我听见那愤怒的声音，渐渐不安起来。我知道自己错了。

到了山脚下，我们都下了驴子。我握着爱罗先珂君的右手，那位朝鲜的朋友握着他的左手，在宽阔的山路上走。

"你为什么不下去问她呢，王先生？"他依然愤怒地问我，皱了眉毛。

我浑身不安起来，脸上火一般地发烧，依然没有话可以回答，只低下了头。

"在我们那里，"他愤怒着继续说，"谁一见这种不幸的人时，谁就将她扶了回去。在这里，你却经过她面前时，如对待一只狗似的安然走了过去！……"

狗，我才是一只狗！我从良心里看见了我所做的事情，我承认他所说的是对的，我才是一只狗，我恨不得立刻钻入地下！……

我如落在油锅中，沸滚的油煎着我。我羞耻，我恨不得立刻死了！……

西山有如何的好玩，我不知道。在山间，我们曾喝过溪水，但是在水中，我照见了我自己是一只狗；在岩石上我曾躺了一会儿，但是我觉得我那种躺着的样子与别的狗完全一样。在山上吃蛋时，我曾和爱罗先珂君敲尖，赌过胜负，在半山里，我们曾猜过石子；但是我同时都觉得不配和他、和其余的玩耍。

的确，我经过她面前时，我是如对待一只狗似的安然走了过去！

我时时刻刻觉得我自己是一只狗，是一只真的狗！我觉得不配握爱罗先珂君的手，不配握一切的人的手！我羞耻，我无面目！……

在夜间，我是夜夜有梦；白天，我觉得也是一样继续不断地做着梦。这梦似乎很长很慢，永没有完结的一般，但同时又觉得很短很快，立刻就会完结的一般。和爱罗先珂君游西山去的时候，正是植树节，一转瞬间现在又将到植树节了。爱罗先珂君离开北京是在去年植树节后不久的某一晚间。那时大雨正倾盆地下着。在这一年中我曾发了好几次的誓，再不做这样无耻的事了，但是现在还是时常地犯罪，而且没有人责备我，爱我的爱罗先珂君不在这里了。

　　晚间的大雨常在这里倾盆地下着，爱罗先珂君还不回来，莫非我永远要在这里做狗了吗？

我们的太平洋

倘若我问你："你喜欢西湖吗？"你一定回答说："是的，我非常喜欢！"

但是，倘若我问你说："你喜欢后湖吗？"你一定摇一摇头说："哪里比得上西湖！"或者，你竟露着奇异的眼光，反问我说："哪一个后湖呀？"

哦，我所说的是南京的后湖，它又叫作玄武湖。

倘若你以前到过南京，你一定知道这个又叫作玄武湖的后湖。倘若你近来住在南京或到过南京，你一定知道它又改了名字了。它现在叫作五洲公园了，是不是？

但是，说你喜欢，我不能够代你确定地答复，如其说你喜欢后湖比喜欢西湖更甚，那我简直想也不敢这样想了。自然，你一定更喜欢西湖的。

然而，我自己却和你相反。我更喜欢后湖。你要用西湖的山水名胜来和我所喜欢的后湖比较，你是徒然的。我是不注意这些。我可以给你满意的答复："后湖并不像西湖那样的秀丽。"而且我还敢保证你说："你更喜欢西湖，是完全对的。"但我这样的说法，可并不取消我自己的喜欢。我自己，还是更喜欢后湖的。

后湖的一边有一座紫金山，你一定知道。它很高。它没有生产什么树木。它只是一座裸秃的山，一座没有春夏的山。没有什么山洞，也没有什么蹊径。

它这里的云雾没有像在西湖的那么神秘奇妙，不能引起你的甜美的幻梦。它能给你的常是寂寞与悲凉，浩歌与哀悼。但是，这样也就很好了，我觉得。它虽没有西湖的秀丽，它可有它的雄壮。

后湖的又一边有一座城墙，你也一定知道。这是西湖所没有的。在游人这一点上来比较，有点像西湖的苏堤。但是它没有妩媚的红桃绿柳的映衬。它是一座废堞残垣的古城。它不能给青年男女黄金一般的迷梦。你到了那里，就好像热情之神 Apollo 到了雅典的卫城上，发觉了潜伏在幸福背后的悲哀。我觉得，这样更好。她能使你味澈到人生的真谛。

但是我喜欢后湖，还不在这里。我对它的喜欢的开始，这不是在最近。那已是十年以前的事了。

十年以前，我曾在南京住了将近半年。如同我喜欢吃多量的醋——你可不要取笑我——拌干丝一样，我几乎是天天到后湖去的。我很少独自去的时候，常有很多的同伴。有时，一只船容不下，便分开在两只船里。

第一个使我喜欢后湖的原因，是在同伴。他们都和我一样年轻，活泼得有点类于疯狂……大家还不曾肩上生活的重担，只知道快乐。只有其中的一位广东朋友，常去拜访爱人被取笑"割草"的，和我已经负上了人的生活的担子的，比较有点忧郁，但是实际上还是非常轻微，它像是浮云一样，最容易被微风吹开。这几个有着十足的天真的青年凑在一起，有说有笑，有叫有唱，常常到后湖去，于是后湖便被我喜欢了。

第二个原因，是在船。它是一种平常的朴素的小渔船，没有修饰，老老实实地破着，漏的漏着。船中偶然放着一两个乡人用的小竹椅或破板凳，我们须分坐在船头和船栏上。没有篷，使我们容易接受阳光或风雨，船里有了四支桨、一支篙。船夫并不拘束我们，不需要他时他可以留岸上。我是从小在故乡的河里，瞒着母亲弄惯了船的，我当然非常高兴拿着一支桨坐在船尾，替代了船夫。船既由我们自己弄，于是要纵要横，要搁浅要抛锚，要靠岸要随风飘荡，一切都可以随便了。这样，船既朴素得可爱，又玩得自由，后湖便更被我喜欢了。

第三个原因是湖中的茭儿菜与荷花。当它们最茂盛的时候，很多地方几乎只有一线狭窄的船路。船从中间驶了去，沙沙地挤动着两边的枝叶，闻到清鲜的香气，时时受到叶上的水滴的袭击。它们高高地遮住了我们的视线，迷住了我们的方向，柳暗花明地常常觉得前面是绝径了，又豁然开朗地展开一条路来。当它们枯萎到水面水下的时候，我们的船常常遇到搁浅，经过一番努力，又荡漾在无阻碍的所在。有时，四五个人合着力，故意往搁浅的所在驶了去，你撑篙，我扯草根，想探出一条路来。我们的精力正是最充足的时候，我们并不怜惜几小时的徒然的探险。这样，湖中有了茭儿菜与荷花，使我们趣味横生，我自然愈加喜欢后湖了。

第四，是后湖的水闸。靠了船，爬到城墙根，水闸的上面有一个可怕的阴暗的深洞。从另一条路走到水闸边，看见了迸发的瀑布。我们在这里大声唱了起来，宛如音乐家对着海的洪涛练习喉音一样。洁白的瀑布诱惑着我们脱鞋袜，走去受洗礼，随后还逼我们到湖中去洗浴游泳，倘若天气暖热的话。在这里，我们的精力完全随着喜欢消耗尽了。这又是我更喜欢后湖的一个原因。

第五，最后而又最大的使我喜欢后湖的原因了。那就是，我们的太平洋。太平洋，原来被我们发现在后湖里了。这是被我们中间的一个同伴，一个诗人兼哲学家的同伴所首先发现，所提议而加衔的。它的区域就在离开水闸不远起，到对面的洲的末尾的近处止。这里是一个最宽广的所在，也是湖水最深的所在。后湖里几乎到处都有荬儿菜与荷花或水草，只有这里是一年四季露着汪洋的一片的。这里的太阳显得特别强烈，风也显得特别大。显然，这里的气候也俨然不同了。我们中间没有一个人反对这"太平洋"新名字。我们都的确觉得到了真正的太平洋了。梦啊，我们已经占据了半个地球了！我们已经很疲乏，我们现在要在太平洋里休息了。任你把我们飘到地球的哪一角去吧，太平洋上的风！我们丢了桨，躺在船上，仰望着空间的浮云，不复注意到时间的流动。我们把脚拖在太平洋里，听着默默的波声，呼吸着最清新的空气。我们暂时静默了。我们已经和大自然融合在一起。还有什么比太平洋更可爱、更伟大呢？而我们是，每次每次在那里飘荡着，在那里梦想着未来，在那里观望着宇宙间的幻变，在那里倾听着地球的转动，在那里消磨它幸福的青春。我们完全占有了太平洋了……

够了，我不再说到洲上的樱桃，也不再说到翻船的朋友那些事，是怎样怎样的有趣，我只举出了上面的五点。你说西湖比后湖好，你可能说后湖所有的这几点，西湖也有？尤其是，我们的太平洋？

或者你要说，几十年以前，西湖的船，西湖的水草，西湖的水，都和我说的相仿佛，和我所喜欢的后湖一样朴素，一样自然。但是，我告诉你，我没有亲自看见过。当我离开南京后两年光景，当我看见西湖的时候，西湖已经是粉饰华丽得不像一个处女似的西子了。

"就是后湖，也已经大大地改变，不像你所说的十年前的可爱了。"你一定会这样说的，是不是？

那是我承认的。几年前我已经看见它改变了许多了。

后湖的船已经变得十分华丽，水闸已经不通，马路已经展开在洲上。它的名字也已经换作五洲公园了。

尤其是，我的同伴已经散失了：我们中间最有天才的画家已经睡在地下，诗人兼哲学家流落在极远的边疆，拖木屐的朋友在南海入了赘，"割草"的工人和在后湖里栽跟斗的莽汉等等都已不晓得行踪和存亡了。我呢，在生活的重担下磨炼着，已经将要老了。倘若我的年青时代的同伴再能集合起来，我相信每个人的额上已经刻下了很深的创痕，而天真和快乐，也一定不复存在了。

然而，只要我活着，即使我们的太平洋填成了大陆，甚至整个的后湖变成了大陆，我还是喜欢后湖的。因为我活着的时候，我不会忘记我们的太平洋。

你说你更喜欢西湖。

我说我更喜欢后湖。

你喜欢你的西湖，我喜欢我的后湖就是。

你说西湖最好。

我说后湖最好。

你说你的，我说我的。

天下事，原来喜欢的都是好的，从没有好的都使人喜欢。你说是吗？

父亲的玳瑁

在墙脚根刷然溜过的那黑猫的影，又触动了我对于父亲的玳瑁的怀念。

净洁的白毛的中间，夹杂些淡黄的云霞似的柔毛，恰如透明的妇人的玳瑁首饰的那种猫儿，是被称为"玳瑁猫"的。我们家里的猫儿正是那一类，父亲就给了它"玳瑁"这个名字。

在近来的这一匹玳瑁之前，我们还曾有过另外的一匹。它有着同样的颜色，得到了同样的名字，同是从我姊姊家里带来，一样地为我们所爱。

但那是我不幸的妹妹的玳瑁，它曾经和她盘桓了十二年的岁月。

而现在的这一匹，是属于父亲的。

它什么时候来到我们家里，我不很清楚，据说大约已有三年光景了。父亲给我的信，从来不曾提过它。在他的理智中，仿佛以为玳瑁毕竟是一匹小小的兽，比不上任何的家事，足以通知我似的。

但当我去年回到家里的时候，我看到了父亲和玳瑁的感情了。

每当厨房的碗筷一搬动，父亲在后房餐桌边坐下的时候，玳瑁便在门外"咪咪"地叫了起来。这叫声是只有两三声，从不多叫的。它仿佛在问父亲，可不可以进来似的。

于是父亲就说了，完全像对什么人说话一样：

"玳瑁，这里来！"

我初到的几天，家里突然增多了四个人，在玳瑁似乎感觉到热闹与生疏的恐惧，常不肯即刻进来。

"来吧，玳瑁！"父亲望着门外，不见它进来，又说了。

但是玳瑁只回答了两声"咪咪"仍在门外徘徊着。

"小孩一样，看见生疏的人，就怕进来了。"父亲笑着对我们说。

但是过了一会儿，玳瑁在大家的不注意中，已经跃上了父亲的膝上。

"哪，在这里了。"父亲说。

我们弯过头去看，它伏在父亲的膝上，睁着略带惧怯的眼望着我们，仿佛预备逃遁似的。

父亲立刻理会它的感觉，用手抚摩着它的颈背，说："困吧，玳瑁。"一面他又转过来对我们说："不要多看它，它像姑娘一样的呢。"

我们吃着饭，玳瑁从不跳到桌上来，只是静静地伏在父亲的膝上。有时鱼腥的气息引诱了它，它便偶尔伸出半个头来望了一望，又立刻缩了回去。它的脚不肯触着桌。这是它的规矩，父亲告诉我们说，向来是这样的。

父亲吃完饭，站起来的时候，玳瑁便先走出门外去。它知道父亲要到厨房里去给它预备饭了。那是真的。父亲从来不曾忘记过，他自己一吃完饭，便去添饭给玳瑁的。玳瑁的饭每次都有鱼或鱼汤拌着。父亲自己这几年来对于鱼的滋味据说有点厌，但即使自己不吃，他总是每次上街去，给玳瑁带了一些鱼来，而且给它储存着的。

白天，玳瑁常在储藏东西的楼上，不常到楼下的房子里来。但每当父亲有什么事情将要出去的时候，玳瑁像是在楼上看着的样子，便溜到父亲的身边，绕着父亲的脚转了几下，一直跟父亲到门边。父亲回来的时候，它又像是在什么地方远远望着，静静地倾听着的样子，待父亲一跨进门限，它又在父亲的脚边了。它并不时时刻刻跟着父亲，但父亲的一举一动，父亲的进出，它似乎时刻在那里留心着。

晚上，玳瑁睡在父亲的脚后的被上，陪伴着父亲。

我们回家后，父亲换了一个寝室。他现在睡到弄堂门外一间从来没有人去的房子里了。

玳瑁有两夜没有找到父亲，只在原地方走着，叫着。它第一夜跳到父亲的床上，发现睡着的是我们，便立刻跳了出去。

正是很冷的天气。父亲记念着玳瑁夜里受冷，说它恐怕不会想到他会搬到那样冷落的地方去的。而且晚上弄堂门又关得很早。

但是第三天的夜里，父亲一觉醒来，玳瑁已在床上睡着了，静静的，"咕咕"念着猫经。

半个月后，玳瑁对我也渐渐熟了。它不复躲避我。当它在父亲身边的时候，我伸出手去，轻轻抚摩着它的颈背，它伏着不动。然而它从不自己走近我。我叫它，它仍不来。就是母亲，她是永久和父亲在一起的，它也不肯走近她。父亲呢，只要叫一声"玳瑁"，甚至咳嗽一声，它便不晓得从什么地方溜出来了，而且绕着父亲的脚。

有两次玳瑁到邻居去游走，忘记了吃饭。我们大家叫着"玳瑁玳瑁"，东西寻找着，不见它回来。父亲却猜到它哪里去了。他拿着玳瑁的饭碗走出门外，用筷子敲着，只喊了两声"玳瑁"，玳瑁便从很远的邻屋上走来了。

"你的声音像格外不同似的，"母亲对父亲说，"只消叫两声，又不大，它便老远地听见了。"

"是哪，它只听我管的哩。"

对于寂寞地度着残年的老人，玳瑁所给予的是儿子和孙子的安慰，我觉得。

六月四日的早晨，我带着战栗的心重到家里，父亲只躺在床上远远地望了我一下，便疲倦地合上了眼皮。我悲苦地牵着他的手在我的面上抚摩。他的手已经有点生硬，不复像往日柔和地抚摩玳瑁的颈背那么自然。据说在头一天的下午，玳瑁曾经跳上他的身边，悲鸣着，父亲还很自然地抚摩着它亲密地叫着"玳瑁"。而我呢，已经迟了。

从这一天起，玳瑁便不再走进父亲的以及和父亲相连的我们的房了。我们有好几天没有看见玳瑁的影子。我代替了父亲的工作，给玳瑁在厨房里备好鱼拌的饭，敲着碗，叫着"玳瑁"。玳瑁没有回答，也不出来。母亲说，这几天家里人多，闹得很，它该是躲在楼上怕出来的。于是我把饭碗一直送到楼上。然而玳瑁仍没有影子。过了一天，碗里的饭照样地摆在楼上，只饭粒干瘪了一些。

玳瑁正怀着孕，需要好的滋养。一想到这，大家更其焦虑了。

第五天早晨，母亲才发现给玳瑁在厨房预备着的另一只饭碗里的饭略略少了一些。大约它在没有人的夜里走进了厨房。它应该是非常饥饿了。然而仍像吃不下的样子。

一星期后，家里的戚友渐渐少了。玳瑁仍不大肯露面。无论谁叫它，都不答应，偶然在楼梯上溜过的后影，显得憔悴而且瘦削，连那怀着孕的肚子也好像小了一些似的。

一天一天家里愈加冷静了。满屋里主宰着静默的悲哀。一到晚上，人还没有睡，老鼠便吱吱叫着活动起来，甚至我们房间的楼上也在叫着跑着。

玳瑁是最会捕鼠的。当去年我们回家的时候，即使它跟着父亲睡在远一点的地方，我们的房间里从没有听见过老鼠的声音，但现在玳瑁就睡在隔壁的楼上，也不过问了。我们毫不埋怨它。我们知道它所以这样的原因。

可怜的玳瑁。它不能再听到那熟识的亲密的声音，不能再得到那慈爱的抚摩，它是在怎样地悲伤啊！

三星期后，我们全家要离开故乡。大家预先就在商量，怎样把玳瑁带出来。但是离开预定的日子前一星期，玳瑁生了小孩了。我们看见它的肚子松瘪着。

怎样可以把它带出来呢？

然而为了玳瑁，我们还是不能不带它出来。我们家里的门将要全锁上。邻居们不会像我们似的爱它，而且大家全吃着素菜，不会舍得买鱼饲它。单看玳瑁的脾气，连对于母亲也是冷淡淡的，决不会喜欢别的邻居。

我们还是决定带它一道来上海。

它生了几个小孩，什么样子，放在哪里，我们虽然极想知道，却不敢去惊动玳瑁。我们预定在饲玳瑁的时候，先捉到它，然后再寻觅它的小孩。因为这几天来，玳瑁在吃饭的时候，已经不大避人，捉到它应该是容易的。

但是两天后，我们十几岁的外甥遏抑不住他的热情了。不知怎样，玳瑁的孩子们所在的地方先被他很容易地发现了。它们原来就在楼梯门口，一只半掩着的糠箱里。玳瑁和它的小孩们就住在这里，是谁也想不到的。外甥很喜欢，叫大家去看。玳瑁已经溜得远远地在惧怯地望着。

我们想，既然玳瑁已经知道我们发觉了它的小孩的住所，不如便先把它的小孩看守起来，因为这样，也可以引诱玳瑁的来到，否则它会把小孩衔到更没有人晓得的地方去的。

于是我们便做了一个更安适的窠，给它的小孩们，携进了以前父亲的寝室，而且就在父亲的床边。

那里是四个小孩，白的，黑的，黄的，玳瑁的，都还没有睁开眼睛。贴着压着，钻做一团，肥圆的。捉到它们的时候，偶然发出微弱的老鼠似的吱吱的鸣声。

"生了几只呀？"母亲问着。

"四只。"

"嗨，四只！怪不得！扛了你父亲的棺材，不要再扛我的呢！"母亲叹息着，不快活地说。

大家听着这话，愣住了。

"把它们丢出去！"外甥叫着说，但他同时却又喜悦地抚摩着玳瑁的小孩们，舍不得走开。

玳瑁现在在楼上寻觅了，它大声地叫着。

"玳瑁，这里来，在这里。"我们学着父亲仿佛对人说话似的叫着玳瑁说。

但是玳瑁像只懂得父亲的话，不能了解我们说什么。它在楼上寻觅着，在弄堂里寻觅着，在厨房里寻觅着，可不走进以前父亲天天夜里带着它睡觉的房子。我们有时故意作弄它的小孩们，使它们发出微弱的鸣声。玳瑁仍像没有听见似的。

过了一会儿，玳瑁给我们女工捉住了。它似乎饿了，走到厨房去吃饭，却不妨给她一手捉住了颈背的皮。

"快来！快来！捉住了！"她大声叫着。

我扯了早已预备好的绳圈，跑出去。

玳瑁大声地叫着，用力地挣扎着。待至我伸出手去，还没抱住玳瑁，女工的手一松，玳瑁溜走了。

它再不到厨房里去，只在楼上叫着，寻觅着。

几点钟后，我们只得把玳瑁的小孩们送回楼上。它们显然也和玳瑁似的在忍受着饥饿和痛苦。

玳瑁又静默了，不到十分钟，我们已看不见它的小孩们的影子。现在可不必再费气力，谁也不会知道它们的所在。

有一天一夜，玳瑁没有动过厨房里的饭。以后几天，它也只在夜里。待大家睡了以后到厨房里去。

我们还想设法带玳瑁出来，但是母亲说：

"随它去吧，这样有灵性的猫，哪里会不晓得我们要离开这里。要出去自然不会躲开的。你们看它，父亲过世以后，再也不忍走进那两间房里，并且几天没有吃饭，明明是非常伤心。现在怕是还想在这里陪伴你们父亲的灵魂呢。它原是你父亲的。"

我们只好随玳瑁自己了。它显然比我们还舍不得父亲，舍不得父亲所住过的房子，走过的路以及手所抚摸过的一切。父亲的声音，父亲的形象，父亲的气息，应该都还很深刻地萦绕在它的脑中。

可怜的玳瑁，它比我们还爱父亲！

然而玳瑁也太凄惨了。以后还有谁再像父亲似的按时给它好的食物，而且慈爱地抚摩着它，像对人说话似的一声声地叫它呢？

离家的那天早晨，母亲曾给它留下了许多给孩子吃的稀饭在厨房里。

门虽然锁着，玳瑁应该仍然晓得走进去。邻居们也曾答应代我们给它饲料。然而又怎能和父亲在的时候相比呢？

　　现在距我们离家的时候又已一月多了。玳瑁应该很健康着，它的小孩们也该是很活泼可爱了吧？

　　我希望能再见到和父亲的灵魂永久同在着的玳瑁。

伴　侣

一九三二年的冬天，我们由福建回到了久别的故乡。

那时父亲还健在着。母亲正患着病。他们的年纪都早已超过了六十，所谓风烛之年，无时不在战栗着暴风雨的来到。我们的回家，给予他们的欣慰，真非言语所能形容。尤其是，他们还看见了一个从来不曾见面过的三岁的孙子。

"做人足心了！"

这话正像后来父亲弥留的时候，突然看见我到了他身边，所说的一样。

这便是最大的幸福了，在他们。

母亲病着。她的肥胖的、结实的身体，现在变得非常消瘦而衰弱了。然而仗着往年坚强的筋骨和劳苦的习惯，她仍勉强地在管理日常家务，不肯躺在床上。

我们一进门，母亲便特别忙碌起来，仿佛她没有一点病似的。她拿出来许多专门为孙子储藏着的糕饼和糖果，又做许多点心。

父亲只是往远近的街上跑。大冷天，不肯穿皮衣。又要买好吃的东西，又要买好玩的东西。

"唐哥，唐哥！"

他们不息地叫着，这亲切的名字，他们应该早已暗暗地叫过千万遍，而现在才愉快地对着面叫出来了。

　　然而唐哥不懂得老人的心，整日在地上跑着，跳着，爬着玩，疲乏时只依靠到自己的父亲和母亲身边。他需要食物时，才去找到祖父和祖母；待东西一到手，又自己去玩了。

　　唐哥是一个不安静的孩子。手脚特别生得有力，喜欢爬上椅，爬上桌。大家给他捏一把汗，他却笑嘻嘻的得意非常。一刻没有注意他，他已经溜出大门外，在河边丢掷石子了。看见一只狗、一只鸡，他便拖着棍子或扫帚追了出去。说是三岁，实际上他还只有两岁半。他的脚步是小的，虽然有力，跑得快的时候，依然像球在那里滚着的一样，使人担心。

　　到家没有几天，他身上已经碰破了好几处。然而他不爱哭，哼几下，对碰痛他的东西打了几拳，满足了报复的心，便忘记了。谁要是给他不快活，他也伸出小小的拳头。

　　他安静的时候，是在每天的晚上。灯一点上，他便捧出他的红绿积木来，在桌上叠着，摆着。摆成长的，他叫作船或火车，呜呜地叫着；摆成高的，他叫作门或房子。他认为已经摆成一种东西的时候，便立刻把它推翻，重新摆出一种别的花样。这样反复着，一直会继续上一两个钟头，直至疲倦到了他的眼里。

　　"日里也能这样安静，就不必给他担心了。"父亲和母亲都这样说。

　　然而在白天，他绝不肯搬弄一下他的任何玩具。不是在房子里爬上爬下拿东西，便跑往门外去。我们现在住的是一幢孤零的屋，没有几家邻居。这几家邻居中只有一个六七岁的小女孩。她的家长管束得很严，不常让她出来。唐哥在家里可以说完全没有伴侣。因此住了不久，他显得很野了。他只是往门外的田边或河边去找趣味。那些地方可以常常看见鸡鸭或船只的来往。天气虽然冷，他穿着一身笨重的衣服，却毫不畏缩，仿佛在夏天里那样自由地玩着。

"有了伴，就不会这样野了。"母亲说。

我们都觉得母亲的话是对的。唐哥在福建的时候，他几乎常常在房里，因为我们的隔壁一间房里就住着他的两个小伴侣。

就是唐哥自己，他似乎也已经感觉到了。他现在不时地提到旧伴侣的名字。

于是我们都渴望地等待着玲玲的来到。

几天后，玲玲果真来了。

那是我的姊姊的一个小女儿。比我们的孩子大了两岁。她的皮肤仿佛被夏天的太阳熏炙过的那样黑。大的面孔，大的眼睛，粗的鼻子，厚的嘴唇，穿着特别厚的棉衣，戴着一顶大的绒帽，脚上一双塞着棉花的大皮鞋。橐橐橐，在地上踏了两三脚，便缩着手呆住了。

"和弟弟去玩吧。"姊姊推动着她的孩子。

但是她只睁大着眼望着，过了一会儿，爬到姊姊身边的椅上坐着，一动也不动。

"像一尊菩萨！"母亲笑着说，"去吧，唐哥！和小姊姊去玩！"

唐哥也不动地望着。

"叫小姊姊。"我推着唐哥。

但是他不开口，只伸出一只手指来，指着玲玲头上那顶红色的绒帽，朝着我笑了一笑。

"是呀，小姊姊的帽子好看哩！"我说。

他顽皮地伸出一只脚，又用手指了两指，又对我一笑，那是在指玲玲的衣服了。

"红红的，好看哩，小姊姊的衣服！"

他突然跑过去，摸了一下玲玲的皮鞋，嘻嘻笑着，又立刻退了回来。

"好看吧！"静默到现在的玲玲说话了，得意地点着头，"爸爸买给我的哩！"

"我也有的！"唐哥也得意地点着头。他望了一望自己的脚，立刻到后房的床上去拿了另外一双新的皮鞋来。

"诺！有花花哩！"

"黑的，不好看！"玲玲摇着头。

"你没有花！"唐哥一手提着自己的鞋，一手拍着玲玲的脚。

"怎么啦把我的鞋打坏啦！"玲玲皱着眉头。

"坏的！坏的！"唐哥故意作弄着她，又接连拍了几下，顽皮地笑着。

他的力很大，玲玲晃动几下，几乎倒了下来。

玲玲撇着嘴，哭了。

"嘎，多吃两年饭，白吃，还是阿弟本领大！"母亲得意地说。

"女孩总是斯文的，"父亲说着，抱了外孙女，抚摩着，"玲玲也乖哩！不要哭，外公去买糖！"

"我也要！一个红的！"唐哥叫着。

"我要红的！"玲玲止住了哭。

"唐哥红的，小姊姊绿的！"唐哥大声叫着说。

"唐哥绿的，小姊姊红的！"玲玲回答。

　　唐哥发气了。

　　他睁着眼睛，望了一刻，突然赶到他祖父的身边，往玲玲的身上拍了一拳。

　　玲玲撇了两下嘴，又哭了。

　　她并不抵抗，用力地哭，仿佛就是她报复的方法似的。

　　"唐哥真不乖，怎么动手就打小姊姊！"我说着，走过去抚慰着玲玲。

　　唐哥一声不响的，在我的大腿上也拍了一拳。

　　"反啦，反啦！怎么打爸爸呀？"大家几乎一致地说。

　　"你打爸爸，爸爸走啦！"我说。

　　"你去好啦！小姊姊也去！"唐哥回答着，"唐哥跟妈妈！"

　　"妈妈也去！"妻说。

　　"我跟妈妈去！"

　　"你会打妈妈！"

　　"不打妈妈！"

　　"你听话吗？要打人吗？"

　　"听话。不打人啦。"唐哥低声地说，似乎怕给别人听见似的。"还要打爸爸、小姊姊吗？"

　　唐哥不作声。停了一会儿，他说：

　　"跟妈妈好，阿公好，阿婆好，姑妈好。"

　　"爸爸呢？小姊姊呢？"

　　他仍不作声。

　　"真硬！"母亲说，心里似乎在称赞唐哥。

但是过了不久，唐哥终于忘记了。他开始和这个新的伴侣玩了起来。

玲玲对他有点怕，虽然喜欢和他玩。她在依从着他，学着他。她只说话比唐哥学得完全些，她的智力、体力，似乎还在唐哥之下。唐哥时时想出新的玩法，她没有。唐哥会从高高的地方跳下来，她不会。她时常被唐哥作弄得撇着嘴，哭着。

"只会哭！"母亲常常责备着玲玲，"又笨又呆！"

"她倒是一个有福气的人哩。"父亲说，"大了自然会聪明的。"

"我可喜欢唐哥！"母亲说。

"孙子和外孙，男的和女的，总不同！"姊姊说了。

"自然哪！外孙到底姓别的，女的嫁了人就完啦！"

"你偏心得很！"父亲说，笑着。

"动不动就哭，谁喜欢！这样的女孩，还那么喜欢她。"

"自己生的，自然不同！"姊姊回答说。

真的，姊姊对玲玲的爱，真像母亲对自己的孙子一样，是无微不至的。玲玲那么样喜欢哭，几乎大家都起了嫌烦，尤其是有着不爱哭的唐哥在眼前。然而姊姊一见玲玲哭，就去抱她，抚慰她了。

"这样的娘！"母亲时常埋怨着姊姊，"不做一点规矩！"

姊姊只笑着，绝不肯动手打玲玲。

"这样难看！印度人一样黑！"

"大了会白的！"姊姊说。

"唐哥白白的，小姊姊黑黑的！"唐哥听见了母亲的话，指着自己，指着玲玲，得意地说。

玲玲一听见这话，又撇着嘴哭了。

"白的好看，黑的也好看！"我们安慰着玲玲。

但是唐哥摇着头，笑着，仿佛故意嘲弄玲玲似的。

于是有一天，玲玲终于不能忍耐了。唐哥还没说完，她便是拍了一拳，一面又撇着嘴，哭了起来。

唐哥呆了一呆，睁着眼望了一会儿，似乎很惊异玲玲也会打人。他没作声。我知道他的静默的意味，立刻叫着："唐哥！"

但已来不及了。

唐哥已赶上一步，在玲玲的肩上啪啪打了两拳。

同时玲玲也抓住了唐哥的前胸，号叫着。

然而玲玲又吃亏了。她只知道一只手抓住唐哥的前胸，另一只手不知道动作。而唐哥却啪啪地打了过来，两手并用着。

"你想打阿弟！怎么打得过他！"母亲笑着说，"让开一点吧！"

"你是姊姊，姊姊怎么打弟弟！你比他大两岁，总要乖一点吧！"姊姊抱了玲玲。

然而玲玲不服气。

等到吃中饭的时候，玲玲先爬上椅子，把唐哥的红的饭碗捧去了。她把自己的绿碗放在唐哥面前。

唐哥在地上的时候，已经远远望见。他没作声，爬上椅子，他睁着眼望着玲玲面前的红碗。

"红碗是我的！"玲玲得意地说，以为终于给她占据到了。

唐哥突然伸出手去："我的！"便把红碗从玲玲的手里抢了过来。

"把绿的给小姊姊！"姊姊说，"红的本是唐哥的，"

但是唐哥连绿的也不肯了。他一手按着一只碗："我的！"

玲玲又哭了，撇着嘴，一面也伸出手来抢碗。

唐哥把两只碗推在一只手里，另一只手已经抓住了玲玲的手。

我们总算把他们扯开了，玲玲没吃亏。

然而玲玲不满足，她爬下椅子，在地上打起滚来，大声地哭着。

"喏，小姊姊哭了，拿碗给她吧，唐哥。"

唐哥望了一望，似乎有点感动了，把红碗绿碗捧着放着，像在那里思量。

"红的吗？唐哥的吗？"他问。

"是的，把唐哥的红碗给小姊姊。"

他点了一点头，立刻爬下椅，把红碗捧了去。

玲玲没理他，仍然哭着，还伸过脚来，踢他一下。

唐哥望了望被踢过的染了灰的腿子，没作声，红碗放在玲玲的头边。

玲玲用手推翻了红碗，又把脚转了过来踢唐哥。

唐哥很灵活地走开了。

吃完饭，玲玲也和唐哥好起来，一同玩着。但是到了晚上，他们又吵架了。

唐哥在用积木造房子，玲玲把它推翻了。

唐哥大声地叫着："小姊姊走开！"一面仍叠着积木。

玲玲不肯走。她拾了两条积木，也要造房子。

唐哥伸手抢过来，恶狠狠地说，"我要打你啦！"

玲玲撇了一下嘴，这回可没哭。唐哥低下头去的时候，她在唐哥背上打了一拳，立刻跑着走了。

唐哥吃了亏，叫着追击。玲玲哭着逃着，走到床边，终于给唐哥扯住了衣服。她转身也扯住了唐哥的前胸。现在玲玲晓得使用另外一只手了。她用力抓住了唐哥扯着自己衣服的那一只手。

我们扯开他们的时候，玲玲的左颊已经出血，被唐哥抓破了。

"你怎么这样凶啊！"我骂着唐哥。

唐哥也撇起嘴来，哭着，在地上打滚了。

"啊呀！"母亲皱着眉头说，"两个人都看样啦！一个学着打人，一个学着打滚啦！怎么唐哥也会哭呀！"

家内渐渐闹了。那是唐哥和玲玲的哭声，唐哥和玲玲的蹬脚声、打滚声。唐哥和玲玲时刻争吵着，仿佛两个死对头。然而他们又像是手和脚，一刻也离不开。玲玲走到哪里，唐哥便跟到哪里。唐哥玩什么，玲玲也要玩什么。每餐吃饭，偏要并坐着，而又每餐抢碗筷和菜。只有到了睡觉的时候，两个人才分做两处睡。但第二天早晨，谁先醒来，就去扯别个的被窝，于是被弄醒的便在床上闭着眼睛哭号了。

"一天到晚只听见哭！"母亲怨恨地说。

姊姊几次要回去，知道母亲爱清静。但父亲和我坚留着。姊姊的家离开我们很远，来一次很不容易，而我又是不大回家，和姊姊已有六七年没会面了。

母亲并非不喜欢姊姊在家里多住，她只有这一个女儿。对于玲玲，据说她以前也是很喜欢的。但自从见到唐哥以后，她的确生了偏心了，她自己承认。

"要去就让她们去吧，不必多留。两个孩子在一起，只听见吵架！"

母亲就在姊姊的面前对我说。

"小孩子总要吵闹的，譬如玲玲也是你的孩子。"我说。

"你阿姊家里也有事情，关了门，成什么样子。"母亲提出了另外的一个理由。

我说了一大套的话，终于劝不转母亲的意思。

"吵起来，真烦！"母亲时常这样说着。

其实烦的只是唐哥一个人。没有玲玲，唐哥也是整天闹着的。母亲并非不知道这些。她实在是太爱唐哥了。她要把她的爱给予唐哥所专有。玲玲没有来的时候，她想念着玲玲来，是为的爱唐哥。现在不留玲玲，也是为的唐哥。

过了几天，我们也只得让姊姊回去了。

这一天早晨的饭前，当姊姊整理行李的时候，我把唐哥的绿球送给了玲玲，因为这是玲玲所喜欢的东西。怕唐哥看见，我把它暗地里塞在姊姊的网篮里，又用纸盖着。

但是唐哥看见房里的网篮忽然装满了东西，绕着网篮窥张着。

"小姊姊要回去啦！"我告诉唐哥。

"我也要去！"唐哥说。

"你要打小姊姊的！"

唐哥摇了一摇头，表示他不打了，但嘴里不肯说。

"通通去吗？"随后唐哥问了，"爸爸也去，唐哥也去，妈妈，姑妈，小姊姊，阿公，阿婆，通通去！"

他说着，像是无意地把手伸进了网篮。

"喂喂！"他高兴叫着，把绿的球拿出来了。"小姊姊！球来啦！球来啦！"

玲玲明白，这是给她带回去的。她看见现在给唐哥拿到了，着了急。

"是我的啦！"玲玲跑上去抢唐哥的球了。

"唐哥的！"唐哥紧紧地捧着，跑了开去。

"唐哥，你还有红的呢？"我扯住了唐哥。

但这正给了玲玲的机会，她已经赶到，抱住了唐哥手里的球。

两个人争夺着，咬着牙齿，发出尖利的叫声。

"唐哥听话，把这个给小姊姊，你还有一个红的，爸爸再买一个！……"

唐哥不待我说完，已经把玲玲推倒地上了。

"真不听话，小姊姊不要你去！"

唐哥撇起嘴来，恶狠狠地把球朝着玲玲身上丢去，自己也就哭着滚倒在地上。

"这本是唐哥的，给唐哥！"姊姊拾起球放到唐哥面前，又立刻转过去，抱起玲玲轻轻地说："舅舅会给你的，不要哭！"

好不容易，我们止住了他们的哭。而最后绿的球还是归了唐哥。我又到街上去买了一只绿的，暗暗交给了玲玲。

吃完饭，姊姊给玲玲换了衣服。唐哥知道现在真要去了。他闹着也要换衣服，自己把床下的皮鞋拿了出来。

"绿绿的球送给小姊姊，带你去！"我说。

唐哥答应了。他从自己的抽屉里，把红的和绿的球都拿了来送给玲玲。

"统统！"他说。

"不要啦！"玲玲高兴地说，"唐哥的！"

唐哥笑着，把两个球都塞在网篮里。

我们雇了一只船，父亲和我和唐哥决定送姊姊到岭下，给她雇好轿子。

唐哥和玲玲非常快活，坐在船里望着岸上来往的人和牛、狗、鸡、鸭。

船靠了岸，我请父亲先带了唐哥到埠头的庙里去等我，自己就到轿行里雇好轿。

"唐哥呢，妈！"玲玲走进轿子，发现唐哥已不在眼前了。

"等一等会来的。"

"唐哥同我坐，妈！舅舅和外公坐！"

"好的，我们就来啦！"我回答着。

轿子已经抬起了。

"唐哥！快来哪！唐哥！……小姊姊去啦！舅舅！唐哥！"

轿子已经渐渐远了。玲玲从轿窗里伸出半边面孔来。

我挥着手。玲玲似乎还在喊着。

随后我和父亲带着唐哥，坐着原船回家了。

"小姊姊呢？"唐哥东西望了一会儿，说了。

"在后面来啦！"

"这个船吗？"

"是的。"

"大大船！"

唐哥似乎想起了别的事，一会儿又注意到岸上的东西，不再问玲玲了。

到了家，我看见母亲的眼睛有点红了。她显然舍不得姊姊和玲玲，如同往日似的，分离的时候，起了感伤。

　　"嫁得这样远！"她是常常这样埋怨父亲的。"人家嫁在近边，只看见女儿带着外孙回来！"

　　"小姊姊呢？"母亲问唐哥。

　　"去啦！"

　　"到哪里去啦？"

　　唐哥呆了一会儿，说：

　　"大大船去啦！还有爸爸、阿公、姑妈、唐哥、小姊姊。"

　　"小姊姊去了好吗？"

　　"好！"

　　唐哥像是立刻忘记了他的伴侣。他仍跳着，跑着。

　　吃中饭的时候，我们改变了原先的座位。我坐在玲玲坐的那一边。

　　"小姊姊的！"唐哥推着我，要我换地方。

　　我故意把绿的碗拿在手里。

　　唐哥抢去了："小姊姊的！"他换了一只白的给我。

　　第二天早晨，唐哥一醒来，便像往日似的，跑到玲玲睡过的床边去。待了一会儿，像在想着。

　　"小姊姊呢？"

　　"去啦！"他立刻回答说，"大大船！"

　　几天后，唐哥不再提起玲玲了。他像完全忘记了一样。

　　但他像重又感觉到一个人玩着没有趣味似的，又时常跑到大门外的田边或河边去了。

　　"大大船？小姊姊来啦！"他一见到河里的船，便又想到了玲玲，呆呆地望着，仿佛在等待着玲玲。

　　日子一天一天过去，唐哥对于玲玲的印象显然渐渐淡了。我们偶尔提到玲玲，问他"小姊姊"，他像不晓得这个人似的，没有回答，只管自己玩着。

　　但当我们把玲玲的相片给他看的时候，他却记得。

　　"小姊姊！"

　　当他看到船，或者和他讲到船，他也还记得。

　　"大大船吗？小姊姊来啦！"

　　然而小姊姊并没有来，也不晓得什么时候再会和唐哥在一起。

寂　寞

忽然回忆起往日，就怀念到寂寞，起了怅惘之感。

在那矗立的松树下、松软的黄土上，她常常陪着我坐着，不说一句话。我从稀疏的枝叶织成的篮网间，望着天空的白云，看见了云的流动，看见了它所给予枝叶的各种奇特的颜色。我想知道这情景给予她的是些什么，但她只是闭着口，静默着连眼睛也不稍微向我转动一下。

我站起来，向着那斜坡上的小径走去，她也跟了走来。我默默地数着自己的脚步，轻声地踏着地上的沙砾。我仿佛听见了一种切切的密语。我想问她听见了一些什么，但她只是低着头在后面跟着，仿佛没有看见她前面的人，只是静默着。

我停住在一个坟墓的前面，望着它顶上战栗着的那些小草。我仿佛看见了那里有人走过。我记不起那熟识的影子是谁。我想问她，但她转过身去，用背对着我，只是静默着。

我走到了一道小河的旁边，我就坐在那木桥的一头。她也在我旁边坐了下来。我静静地望着那流水、那浮萍，倾听着小鱼的跳跃声，想到了很多很多的事情。我感到了抑郁，从心底里哼出了不可遏抑的叹息。但她没有听见似的，全不安慰我，也不问我。我看见了自己的影子，我哭了。我的眼泪落到流水上，发出响亮的声音，流水涌了起来，滚到了我的脚边。我发了狂，我想走下去，因为我爱那流水。但是她毫不感到恐惧，她仿佛完全不知道我想的什么。她只是低着头，合着眼，闭着嘴，静默着，静默着。

我对她起了厌恶，我走了，我不准她再跟着我，我把她毫不留情地推了开去。我离开她走到了很远很远的地方。我发誓永不再见她。

但是那矗立的松树和松软的黄土、那斜坡的小径和沙砾和那坟墓上的小草，以及那流水、木桥、浮萍，都和我太熟识了，我几乎能够数出它们的每一根纤维。它们和我是那样的亲切。

我愿意再回到那里，和它们盘桓，再让寂寞陪伴着我！

活在人类的心里

在千万个悲肃的面孔和哀痛的心灵的围绕中，鲁迅先生安静地躺下了——正当黄昏朦胧地掩上大地，新月投着凄清的光的时候。

我们听见了人类的有声和无声的唏嘘，看见了有形和无形的眼泪。

没有谁的死曾经激动过这样广大的群众的哀伤；而同时，也没有谁活的时候曾经激动过这样广大的群众的欢笑。

只有鲁迅先生。

每次每次，当鲁迅先生仰着冷静的苍白的面孔，走进北大的教室时，教室里两人一排的座位上总是挤坐着四五个人，连门边连走道都站满了校内的和校外的正式的和非正式的学生。教室里主宰着极大的喧闹，但当鲁迅先生一进门，立刻安静得只剩了呼吸的声音。他站住在讲桌边，用着锐利的目光望了一下听众，就开始了《中国小说史》那一课题。

他的身材并不高大，常穿着一件黑色的短短的旧长袍，不常修理的粗长的头发下露出方正的前额和长厚的耳朵，两条粗浓方长的眉毛平躺在高出的眉棱骨上，眼窝是下陷着的，眼角微朝下垂着，并不十分高大的鼻子给两边深刻的皱纹映衬着这才显出了一点高大的模样，浓密的上唇上的短须掩着他的阔的上唇——这种种看不出来有什么奇特，既不威严也似乎不慈和。说起话来，声音是平缓的，既不抑扬顿挫，也无慷慨激昂的音调，他那拿着粉笔和讲义的两手，从来没有表情的姿势帮助着他的语言，他的脸上也老是那样的冷静，薄薄的肌肉完全是凝定着的。

他叙述着极平常的中国小说史实，用着极平常的语句，既不赞誉，也不贬毁。

然而，教室里却突然爆发笑声了。他的每句极平常的话几乎都须被迫地停顿下来，中断下来。每个听众的眼前赤裸裸地显示出了美与丑，善与恶，真实与虚伪，光明与黑暗，过去现在和未来。大家在听他的中国小说史的讲述，却仿佛听到了全人类的灵魂的历史。每一件事态的甚至是人心的重重叠叠的外套都给他连根撕掉了。于是教室里的人全笑了起来。笑声里混杂着欢乐与悲哀，爱恋与憎恨，羞惭与愤怒……于是大家的眼前浮露出来了一盏光耀的明灯，灯光下映出了一条宽阔无边的大道……大家抬起头来，见到了鲁迅先生的苍白冷静的面孔上浮动着慈祥亲切的光辉，像是严冬的太阳。

但是教室里又忽然异常静默了，可以听见脉搏的击动声。鲁迅先生的冷静苍白的脸上始终不曾露出过一丝的微笑。

他沉着地继续着他的工作，直至他不得不安静地休息的时候。

还没见过谁将自己的一生献给全人类，做着刺穿现实的黑暗和显示未来的光明的伟大的工作，使那广大的群众欢笑又使那广大的群众哀伤。

只有鲁迅先生。

他将永久活在现在的和未来的人类的心灵里。

清　明

晨光还没有从窗眼里爬进来，我已经钻出被窝坐着，推着熟睡的母亲：

"迟啦，妈，锣声响啦！"

母亲便突然从梦中坐起，揉着睡眼，静默地倾听着。

"没有的！天还没亮呢！"

"好像敲过去啦。"

于是母亲也就不再睡觉，急忙推开窗子，点着灯，煮早饭了。

"嘉溪上坟去咯！……噔噔……五公祀上坟去喽！……"待母亲将饭煮熟，第一次的锣声才真的响了，一路有人叫喊着，从桥头绕向东芭弄。

我打开门，在清白的晨光中，奔跑到埠头边：河边静悄悄的，不见一个人，船还没有来。

正吃早饭，第二次的锣声又响了，敲锣的人依然大声地喊着：

"嘉溪上坟去咯！……噔噔……五公祀上坟去咯！……"

我匆忙地吃了半碗饭，便推开碗筷，又跑了出去。河边显得忙碌了。三只大船已经靠在埠头，几个大人正在船中戽水，铺竹垫，摆椅凳。岸上围观着许多大人和小孩，含着紧张的神情。我呆木地站着，心在辘辘地跳动。

"慌什么呀！饭没有吃饱，怎么上山呀？快些回去，再吃一碗！"母亲从后面追上来了。

"老早吃饱啦！"

"半碗，怎么就饱啦！起码也得吃两碗！回去，回去！"

"吃饱啦就吃饱啦！谁骗你。"我不耐烦地说。

于是母亲喃喃地说着走回家里去了。

埠头边的人愈聚愈多，一部分人看热闹，一部分人是去参加上祖先的坟的。有些人挑羹饭，有些人提纸钱，有些人探问何时出发。喧闹忙乱，仿佛平静的河水搅起了波浪。我静默地等着，心中却像河水似的荡漾着。

"加一件背心吧，冷了会生病的呀！"

我转过头去，母亲又来了，她已经给我拿了一件背心来。

"走起来热煞啦，还要加背心做什么？拿回去吧！"我摇着头，回答说。

"老是不听话！"母亲喃喃地埋怨着，用力把我扯了过去，亲自给我穿上，扣好了扣子。

这时第三次的锣声响了。

"嘉溪上坟去咯！……噿噿……五公祀上坟去咯……船要开啦……船要开啦……"

岸上的人纷纷走到船上，我也就跳上了船头。

"什么要紧呀！"母亲又叫着说了，"船头坐不得的！……船舱里去！……听见吗？"

我只得跳到船头与船舱的中间，坐在插纤竿的旁边。

但是母亲仍不放心，她又在叫喊了：

"坐到船底上去，再进去一点！那里会给纤竿打下河去的呀！"

"不会的！愁什么！"我不快活地瞪着眼睛说。

"真不听话！……阿成叔，烦你照顾照顾这孩子吧！"她对着坐在我身边的阿成叔说。

"那自然，你放心好啦！你回去吧！"

但是母亲仍不放心，站在河边要等着船开走。

这时三只大船里都已坐满了人，放满了东西。还不时有人上下，船在微微地左右倾侧着。

"天会落雨呢！"

"不会的！"

"我已带了雨伞。"

"我连木屐也带上了。"

船上忽然有些人这样说了起来。我抬头望着天上，天色略带一点阴沉，云在空中缓慢地移动着，远远的东边映照着山后的阳光。

"开船啦！开船啦！……嘡嘡……"这是最后一次的锣声了，敲锣的接着走上我们这只最后开的船，摇船的开始解缆了。

我往岸上望去，母亲已经不在岸上，不知什么时候走的。我喜欢坐在船头上，这时便又扶着船边，从人丛中向前挤了两三步。

"不要动！不要动！会掉下水里去的！"阿成叔叫着，但他已经迟了。

"好吧，好吧！以后可再不要动啦！"摇船的把船撑开岸，叫着说。

"你这孩子好大胆！……再不要动啦！"我身边一个祖公辈的责备似的说了，"你看，你妈又来了哪！"

我把眼光转到岸上，母亲果然又来了。她左手挟着一柄纸伞，摇着右手，叫着摇船的人，慌急地移动着脚步。一颠一簸，好像立刻要栽倒似的追扑了过来。

"船慢点开！……阿连叔！……还有一把伞给小孩！……"

但这时船已驶到河的中心，在岸上拉纤的已经弯着背跑着，船已"咽咽咽"地破浪前进了。

"算啦！算啦！不会下雨的！"摇船的阿连叔一面用力扳着橹，一面大声地回答着。

母亲着慌了，她愈加急促地沿着船行的方向奔跑起来，一路摇着手，叫着："要落雨的呀！……拉纤的是谁！……慢点走哪！"

我在船上望见她踉跄得快跌倒了，着了急，忽然站了起来，用力踢着船沿。船突然倾侧几下，满船的人慌了，这才大家齐声地大喊，阻住了拉纤的人。

"交给我吧，到了桥边会递给他的。"一个拉纤的跑回来，向母亲接了伞，显出不快活的神情。

这时母亲已跑到和船相并的地方站住了。我看见她一脸通红，额上像滴着汗珠，喘着气。

"真是多事，哪里会落雨！落了雨又有什么要紧！"我暗暗地埋怨着，又大声叫着说："回去吧，妈！"

"好回去啦！好回去啦！"船上的人也叫着，都显出不很高兴的神情。

船又开着走了。母亲还站在那里望着，一直到船转了弯。

两岸的绿草渐渐多了起来，岸上的屋子渐渐少了。河水平静而且碧绿，只在船头下"咽咽"地响着，在船的两边翻起了轻快的分水波浪。船朝着拉纤的方向倾侧着。一根直的竹竿的纤竿这时已成了弓形，不时发出咯咯的声音，顶上拴着的纤绳时时颤动着，一松一紧地拖住了岸上三个将要前仆的人的背，摇橹的人侧着橹推着扳着，船尾发出噼啪的声音，有些地方大树挡住了纤路，或者船在十字河口须转方向，放纤的人便收了纤绳，跳到船上，摇橹的人开始用船尾的大橹拨动着水，船像摇篮似的左右荡漾着慢慢前进。

一湾又一湾，一村又一村，嘉溪山渐渐近了，最先走过狮子似的山外的小山，随后从山峡中驶了进去。这里的河面反而特别宽了，水流急了起来，浅滩中露着一堆堆的沙石。我们的船一直驶到河道的尽头，船头冲上了沙滩，现在船上的人全上岸了。我和几个十几岁的同伴早已在船上脱了鞋袜，卷起了裤脚，不走山路，却从沁人的清凉的溪水里走向山上去，一面叫着跳着，像是笼里逃出来的小鸟。

祖先的坟墓是在山麓的上部，那里生满了松树和柏树。我们几个孩子先在树林中跑了几个圈子，听见爆竹和锣声，才到坟前拜了一拜，拿了一只竹签，好带回家里去换点心。随后跑向松树林中，爬了上去采松花，兜满了衣袋，兜满了前襟，听见爆竹和锣声又一直奔下山坡，到庄家那里去吃午饭，这时肚子特别饿了，跑到庄前就远远地闻到了午饭的香气。我平常最爱吃的是毛笋烤咸菜，这时桌上最多的正是这一样菜，便站在长桌旁，挤在大人们的身边，开始吃了起来，饭虽然粗硬，菜虽然冷，却觉得特别有味，一连吃了三大粗碗饭。筷子一丢，又往附近跑去了。隆重的热闹的扫墓典礼，我只到坟边学样地拜了一拜，我的目的却在游玩。但也并不知道游玩，只觉得自由快乐，到处乱跑着。

回家的锣声又响时，果然落雨了。它像雾一样，细细地袭了过来。我挟着雨伞，并不使用，披着一身细雨，踏着溪流，欢乐地回到了泊船的河滩上。

清明节就是这样的完了。它在我是一个最欢乐的季节。

新 的 枝 叶

许久不曾出城了，原来连岩石上也长了新的枝叶。隐蔽着小径的春草，多么引人怜惜。虽是野生的植物，毕竟刚生长呀。这里可也存在着泼辣的生命，给风雨吹润着，阳光抚爱着，希望苗壮地成长起来的。夏天一到，不就茂密而且高大，变成了音乐的摇篮吗？

看啊，那细嫩的肢体、怯弱的姿态、清冽的呼吸，虽是无知的小小生命，也够可爱了。谁不想加以亲切的抚摩，报以温和的微笑呢？

这样想着，我依恋地轻缓地走在小径上，生怕给予可爱的春草重大的伤害。我厌憎那在我身边急促地走过的人们。他们用粗暴而且沉重的脚步到处蹂躏着，对那吱吱地惨叫着的声音，也不生一点同情。

然而，世上还有比这更使人切齿地厌恶的。

在前面，一幢新的小屋旁，离我不十分远的地方，突然出现了一棵奇异的树木。枯萎的叶子，焦黑的枝干，是曾经被猛烈的火焰燃烧过的。我不禁愤怒得连毛发也竖起来了。

几个月前，那时还是冬天，我曾经到过这地方。我看见了一堆瓦砾、一堆余烬未熄的木料和这样一棵刚被燃烧过的树木。不知是在这树木的哪一边，许多人团做了一团，叹息着，悲愤着。我看见一个失了血色的小小的脸庞躺在地上……

是魔手在这里抛下了恶毒的炸弹，戕害着这小小的生命！

现在，他不复在这地上了，地上铺满了青色的娇嫩怯弱的春草。瓦砾堆上已经建筑起新的小屋。而那还残留着燃烧的痕迹的树木，也已渐渐苏醒过来，在丫杈间伸出了短小的嫩芽。

希望是无穷的，人的力和自然的力在改换着世界。但把仇恨记在心头吧，被戕害的是个可爱的小小的生命啊！倘使他活着，转瞬间不就是个茁壮的青年吗？

即使在岩石上，也要生长出新的枝叶呀！

旅 人 的 心

或是因为年幼善忘，或是因为不常见面，我最初几年中对父亲的感情怎样，一点也记不起来了。至于父亲那时对我的爱，却从母亲的话里就可知道。母亲近来显然在深深地记念父亲，又加上年纪老了，所以一见到她的小孙儿吃牛奶，就对我说了又说：

"正是这牌子，有一只老鹰！……你从前奶水不够吃，也吃的这牛奶。你父亲真舍得，不晓得给你吃了多少。有一次竟带了一打来，用木箱子装着。那是比现在贵得多了。他的收入又比你现在的少……"

不用说，父亲是从我出世后就深爱着我的。

但是我自己所能记忆的我对于父亲的感情，却是从六七岁起。

父亲向来是出远门的。他每年只回家一次，每次约在家里住一个月，时期多在年底年初。每次回来总带了许多东西：肥皂、蜡烛、洋火、布匹、花生、豆油、粉干……都够一年的吃用；此外还有专门给我的帽子、衣料、玩具、纸笔、书籍……

我平日最欢喜和姊姊吵架，什么事情都不能安静，常挨了母亲的打，也还不肯屈服。但是父亲一进门，我就完全改变了，安静得仿佛天上的神到了我们家里，我的心里充满了畏惧，但又不像对神似的慑于他的权威，却是在畏惧中间藏着无限的喜悦，而这喜悦中间却又藏着说不出的亲切的。我现在不再叫喊，甚至不大说话了；我不再跳跑，甚至连走路的脚步也十分轻了；什么事情我该做的，用不着母亲说，就自己去做好；什么事情我该对姊姊退让的，也全退让了。我简直换了一个人，连自己也觉得：聪明，诚实，和气，勤劳。

父亲从来不对我说半句埋怨话，他有着洪亮而温和的音调。他的态度是庄重的，但脸上没有威严却是和气。他每餐都喝一定分量的酒，他的皮肤的血色本来很好，喝了一点酒，脸上就显出一种可亲的红光。他爱讲故事给我听，尤其是喝酒的时候常常因此把一顿饭延长了一两个钟点。他所讲的多是他亲身的阅历，没有一个故事里不含着诚实、忠厚、勇敢、耐劳。他学过拳术，偶然也打拳给我看，但他接着就讲打拳的故事给我听：学会了这一套不可露锋芒，只能在万不得已时用来保护自己。父亲虽然不是医生，但因为祖父是业医的，遗有许多医书，他一生就专门研究医学。他抄写了许多方子，配了许多药，赠送人家，常常叫我帮他的忙。因此我们的墙上贴满了方子，衣柜里和抽屉里满是大大小小的药瓶。

一年一度，父亲一回来，我仿佛新生了一样，得到了学习的机会：有事可做也有学问可求。

然而这时间是短促的。将近一个月他慢慢开始整理他的行装，一样一样地和母亲商议着别后一年内的计划了。

到了远行的那夜一时前，他先起了床，一面打扎着被包箱夹，一面要母亲去预备早饭。二时后，吃过早饭，就有划船老大在墙外叫喊起来，是父亲离家的时候了。

父亲和平日一样，满脸笑容。他确信他这一年的事业将比往年更好。母亲和姊姊虽然眼眶里贮着惜别的眼泪，但为了这是一个吉口，终于勉强地把眼泪忍住了。只有我大声啼哭着，牵着父亲的衣襟，跟到了大门外的埠头上。

父亲把我交给母亲，在灯笼的光中仔细地走下阶级，上了船，船就静静地离开了岸。

"进去吧，很快就回来的，好孩子。"父亲从船里伸出头来，说。

船上的灯笼熄了，白茫茫的水面上只显出一个移动着的黑影。几分钟后，它迅速地消失在几步外的桥的后面。一阵关闭船篷声，接着便是渐远渐低的咕呀咕呀的桨声。

"进去吧，还在夜里呀。"过了一会儿，母亲说着，带了我和姊姊转了身。"很快就回来了，没听见吗？留在家里，谁去赚钱呢？"

其实我并没想到把父亲留在家里，我每次是只想跟父亲一道出门的。

父亲离家老是在夜里，又冷又黑。想起来这旅途很觉可怕。那样的夜里，岸上是没有行人也没有声音的，倘使有什么发现，那就十分之九是可怕的鬼怪或恶兽。尤其是在河里，常常起着风，到处都潜着吃人的水鬼。一路所经过的两岸大部分极其荒凉，这里一个坟墓，那里一个棺材，连白天也少有行人。

但父亲却平静地走了，露着微笑。他不畏惧，也不感伤，他常说男子汉要胆大量宽，而男子汉的眼泪和珍珠一样宝贵。

一年一年过去着，我渐渐大了，想和父亲一道出门的念头也跟着深起来，甚至对于夜间的旅行起了好奇和羡慕。到了十四五岁，乡间的生活完全过厌了，倘不是父亲时常寄小说书给我，我说不定会背着母亲私自出门远行的。

十七岁那年的春天，我终于达到了我的志愿。父亲是往江北去，他送我到上海。那时姊姊已出了嫁生了孩子，母亲身边只留着一个五岁的妹妹。她这次终于遏抑不住情感，离别前几天就不时流下眼泪来，到得那天夜里她伤心地哭了。

但我没有被她的眼泪所感动。我很久以前听到我可以出远门就在焦急地等待着那日子。那一夜我几乎没有合眼，心里充满了说不出的快乐。我满脸笑容，跟着父亲在暗淡的灯笼光中走出了大门。我没注意母亲站在岸上对我的叮嘱，一进船舱，就像脱离了火坑一样。

"竟有这样硬心肠，我哭着，他笑着！"

这是母亲后来常提起的话。当时欢喜什么，我不知道。我只觉得心里十分轻松，对着未来，有着模糊的憧憬，仿佛一切都将是快乐的、光明的。

"牛上轭了！"

别人常在我出门前就这样说，像是讥笑我，像是怜悯我。但我不以为意。我觉得那所谓轭是人所应该负担的。我勇敢地挺了一挺胸部，仿佛乐意地用两肩承受了那负担，而且觉得从此才成为一个"人"了。

夜是美的，黑暗与沉寂的美。从篷隙里望出去，看见一幅黑布蒙在天空上，这里那里涣着亮晶晶的珍珠。两岸上缓慢地往后移动的高大的坟墓仿佛是保护我们的炮垒，平躺着的草扎的和砖盖的棺木就成了我们的埋伏的卫兵。树枝上的鸟巢里不时发出喊喊的拍翅声和细碎的鸟语，像在庆祝着我们的远行。河面一片白茫茫的光微微波动着，船像在柔软轻漾的绸子上滑了过去。船头下低低地响着淙淙的波声，接着是咕呀咕呀的前桨声和有节奏的喊嚓喊嚓的后桨拨水声。清冽的水的气息、重浊的泥土的气息和复杂的草木的气息在河面上混合成了一种特殊的亲切的香气。

　　我们的船弯弯曲曲地前进着，过了一桥又一桥。父亲不时告诉着我，这是什么桥，现在到了什么地方。我静默地坐着，听见前桨暂时停下来，一股寒气和黑影袭进舱里，知道又过了一个桥。

　　一小时以后，天色渐渐转白了，岸上的景物开始露出明显的轮廓来，船舱里映进了一点亮光，稍稍推开篷，可以望见天边的黑云慢慢地变成了灰白色，浮在薄亮的空中。前面的山峰隐约地走了出来，然后像一层一层地脱下衣衫似的，按次地展出了山腰和山麓。

　　"东方发白了。"父亲喃喃地念着。

　　白光像凝定了一会儿，接着就迅速地揭开了夜幕，到处都明亮起来。现在连岸上的细小的枝叶也清晰了。星光暗淡着，稀疏着，消失着。白云增多了，东边天上的渐渐变成了紫色，红色。天空变成了蓝色。山是青的，这里那里弥漫着乳白色的烟云。

　　我们的船驶进了山峡里，两边全是繁密的松柏、竹林和一些不知名的常青树。河水渐渐清浅，两边露出石子滩来。前后左右都驶着从各处来的船只。不久船靠了岸，我们完成了第一段的旅程。

　　当踏上埠头的时候，我发现太阳已在我的背后。这约莫两小时的行进，仿佛我已经赶过了太阳，心里暗暗地充满了快乐。

　　完全是个美丽的早晨。东边山头上的天空全红了，紫红的云像是被小孩用毛笔乱涂出的一样，无意地成了巨大的天使的翅膀。山顶上一团浓云的中间露出了一个血红的可爱的紧合着的嘴唇，像在等待着谁去接吻。西边的最高峰上已经涂上了明耀的光辉。平原上这里那里升腾着白色的炊烟，雾一样。埠头上忙碌着男女旅客，成群地往山坡上走了去。挑夫、轿夫喊着道，追赶着，跟随着，显得格外紧张。

就在这热闹中、我跟在父亲的后面走上了山坡，第一次远离故乡跋涉山水，去探问另一个憧憬着的世界，勇往地肩起了"人"所应负的担子。我的血在沸腾着，我的心是平静的，平静中满含着欢乐。我坚定地相信我将有一个光明的伟大的未来。

但是暴风雨卷着我的旅程，我愈走愈远离了家乡。没有好的消息给母亲，也没有如母亲所期待的三年后回到家乡。一直过了七八年，我才负着沉重的心，第一次重踏到生长我的土地。那时虽走着出门时的原来路线，但山的两边的两条长的水路已经改驶了汽船，过岭时换了洋车。叮叮叮叮的铃子和呜呜的汽笛声激动着旅人的心。

到得最近，路线完全改变了。山岭已给铲平，离开我们村庄不远的地方，开了一条极长的汽车路。它把我们旅行的时间从夜里二时出发改做了午后二时。然而旅人的心愈加乱了，没有一刻不是强烈地被震动着。父亲出门时是多么安静、舒缓、快乐、有希望。他有十年二十年的计划，有安定的终身的职业。而我呢？紊乱，匆忙，忧郁，失望，今天管不着明天，没有一种安定的生活。

实际上，父亲一生是劳碌的，他独自负荷着家庭的重任，远离家乡一直到他七十岁为止。到得将近去世的几年中，他虽然得到了休息，但还依然辛苦地帮着母亲治理杂务。然而，他一生是快乐的。尽管天灾烧去了他亲手支起的小屋，尽管我这个做儿子的时时在毁损着他的遗产，因而他也难免起了一点忧郁，但他的心一直到临死的时候为止仍是十分平静的。他相信着自己，也相信着他的儿子。

　　我呢？我连自己也不能相信。我的心没有一刻能够平静。

　　当父亲死后两年，深秋的一个夜里二时，我出发到同一方向的山边去，船同样地在柔软轻漾的绸子似的水面滑着，黑色的天空同样地镶着珍珠似的明星，但我的心里却充满了烦恼、忧郁、凄凉、悲哀，和第一次跟着父亲出远门时的我仿佛是两个人了。

　　原来我这一次是去掘开父亲给自己造成的坟墓，把他永久地安葬的。

孩子的马车

为了工作的关系，我带着家眷从故乡迁到上海来住了。收入是微薄的，我决定在离开热闹的区域较远的所在租下两间房子。照着过去的习惯，这里是依然被称为乡下的，但我却很满意，觉得比那被称为上海的热闹区域还好。这里有火车，有汽车，交通颇方便，这里有田野，有树木，空气很新鲜，这里的房租相当的便宜，合于我的经济情形；最后则是这里的邻居多和我一样穷困，不至于对我射出轻蔑的眼光来。

于是我住下了，很安心的，而且一星期之后，甚至还发现了几个特点，几乎想永久地住下去了：第一是清静，合宜于我的工作；其次是朴素，合宜于我的孩子们的教养；再次是前后左右的邻居大部分是书店的编辑或学校的教员，颇可做做朋友的。

但是过了不久我不能安静地工作了。

"爸爸！爸爸！"……我的两个孩子一天到晚地叫着，扯我的衣服，推我的椅子，爬到我的桌子上来，抢我的钢笔，扰乱我的工作。

为的什么呢？

"去买一个汽车来，红红的！像金生的那样！"

这真是天晓得，我哪里去弄这许多钱？房租要付，衣服要做，饭要吃，每天还愁着支持不下来，却斜刺里来了这一个要求。

"金生是谁呀？"

"六号的小朋友！"他们已经交结下了朋友了。

"红的！两个人好坐的，有玻璃，有喇叭——嘟！……"

这就够了，我知道那样的车子是非三十几元钱不卖的。

"去问妈妈，我没有钱。"我说。

他们去了，但又立刻跑了回来，叫着说：

"问爸爸呀！妈妈说的！"

我摇了一摇头：

"我没有钱。"

于是他们哭了，蹬着脚，挥着手，扭着身子，整个房子像要被震动得塌下来了似的。

"好呀，好呀，等我拿到钱去买呀！现在不准闹。"我终于把他们遏制住了。

但这也只是暂时的。第二天，他们又闹了，第三天又闹了，一直闹了下去，用眼泪，用叫号，仿佛永不会完结似的。

"唉，七岁了还这么不懂事，"妻对着大的孩子说，"你比妹妹大了两岁，应该知道呀！买这样贵的玩具的钱，可以给你做许多漂亮的衣服呢！"

"那你买一个脚踏车给我，像八号的！"大的孩子回答说，他算是让步了。

"好的，好的，等爸爸有了钱，是吗？"妻说，对我丢了一个眼色。

我点了一点头。

但这也是不可能的。像八号的孩子那样，就要八九元，而且是一个人坐的，买起来就得买两只。这希望，只好叫他们无限期地等待下去了。夏天已经来到，蚊子嗡嗡地叫了起来，帐子还没有做。我的身上的夹衣有点不能耐了，两件半新旧的单衫还寄在人家的屋子里。今天有人来收米账，明天有人来收煤账。偶然预支到一点薪水，没有留过夜，就分配完了。生活的重担紧紧地压迫着我透不过气来，我终于发气了，有一天，当他们又来扰乱我的工作的时候。

"滚开！"我捻着拳头，几乎往孩子的头上打了下去，一面愤怒地说着，忘记了他们是孩子。"不会偷，不会盗，又不会像人家似的向资本家讨好，我到哪里去弄这许多钱来呀？……"

孩子们害怕了，这次一点也不敢哭，睁着惊惧的眼睛，偷偷地溜着走了出去。

他们有好几天不曾来扰乱我的工作，尤其是大的孩子，一看见我就远远地躲了开去，一天到晚低着头没有走出门外去。我起初很满意自己的举动，觉得意外地发现了管束孩子的方法，但随后却渐渐看出了我的大孩子不但对我冷淡，对什么人都冷淡了，他变得很沉默，没有一点笑脸。他的眼睛里含着失望的忧郁的光，常常一个人在屋角里坐着翕动着嘴唇，仿佛在自言自语似的。

"为了一个车子啊，"有一天，妻对我说，"这几天来变了样子连饭也不大爱吃，昨夜还听见他说梦话，问你要一个车呢！"

我的心立刻沉下了，想不到一个小小的孩子对于自己的欲望就有着这样的固执。真的，他这几天来不但胃口坏得很，连脸色也变黄了。肌肉显然消瘦了许多，额上、颈上和手腕上都露出青筋来。这样下去是可怕的，我这个做父亲的人须实现他的希望了，无论怎样的困难。

"好了，好了，爸爸就给你去买来，好孩子，"我于是安慰着孩子说，"但是只有一个，和妹妹分着骑，你是哥哥不能和她争夺的，听话吗？"

他的眼中立刻射出闪烁的光来，满脸都是笑容，他的妹妹也喜欢得跳跃了。

"听话的！我让妹妹先骑！"大的孩子叫着说。

于是我戴上帽子，预备走了，但妻却止住了我：

"你做什么要哄骗孩子呢？回来没有车子，不是更使他们失望吗？你口袋里不是只有两元钱了，哪里够买一辆车子呀！"

"我自有办法，"我说着走了，"一定会给买来的。"

我从报上知道有一家公司正在降价，说是有一种车子只要一元几毛钱。那么我的孩子可以得到一辆了。

那是一种小小的马车，有着木做的白色的马头，但没有马的身子。坐人的地方是圈椅的形式，漆得红红的，也颇美丽，轮子是铁的，也有薄薄的橡皮围着。

"是牺牲品呢！"公司里的人说。"从前差不多要卖四元，现在只有两辆了。"

我检查了一遍，尚无什么损坏，便立刻付了一元七毛半的代价，提着走了。

来去的时间相当的长，下午二时出门，到得家里已是黄昏时候。两个孩子正在弄堂外站着，据说是从我出门不到半点钟就在那里等候着的。

"啊，车子！啊！车子！"他们远远地就这样叫着，迎了上来，到得身边，一个抱住马头，一个扳住圈椅，便像要把它拆成两截一样。

“这车子，比人家的怎么样呀？”我按住了他们的手，问着。

“比人家的好！比人家的好！这是个马车，好看，好看！”两个孩子一致地回答说，欢喜得像要把它吞下去了似的。

“可不能争夺，一个一个轮着骑呢，听见了吗？”

“听见的。”

“谁先骑？”

“妹妹先骑吧。”大孩子说着放了手，但又像舍不得似的，热情地亲爱地摸一摸那马头上的鬃毛，然后才怅惘地红着脸退了开去。

我不能知道他是怎样克服他自己的，我只看见他的眼睛里亮晶晶地闪动着泪珠。他的心显然在强烈地跳跃着。

我发现这辆车子够好了，它很轻快，没有那汽车的呆笨，而且给大孩子骑不会太小，给小孩子骑不会太大。他们很快地就练习得纯熟了。

“嘚儿！嘚儿！”他们一面这样喊着，像是骑在真的马上一样。这是我的大孩子记起来的，他到过北方，看见过许多马车和骡车，现在他居然成了沙漠上的旅行者了。而且他还很得意，说是六号的汽车不如这马车。

“我的是汽车呀！嘟……”六号的孩子说。

“我的是马车！嘚儿……”“是匹死马呀！”

“是个假汽车哩！”

“看谁跑得快！”

“比赛——一，二，三！”

我看见马车跑赢了，汽车到底是呆笨的，“铁塔铁塔”，既会响又吃力，不像马车的轻捷，尤其是转弯抹角，非跳出车子外，把它拖着走不可，尤其是跳进跳出，只能像绅士似的慢慢地来，不然就钩住了衣服，钩住了腿子。

我和妻都非常喜悦。我们以前总以为穷人的孩子是没有享受幸福的命运的。

"早晓得这样，早就给他们买了。"我喃喃地说。

我从此可以安静地工作了，孩子们再也不来扰乱，他们一天到晚在外面玩那车子，甚至连饭也忘记吃，没有心思吃了。

然而这样幸福的时间，却继续得并不久。不到十天，那辆小小的马车完结了。

我听见孩子在弄堂里尖利的哭号的声音，跑出去看时，这辆马车已经倒在地上。它的头可怜地弯曲着，睁着损伤的眼睛，仿佛在那里流眼泪，它的前面的一个铁轮子折断了，不胜痛苦似的屈伏着。大孩子刚从地上爬起来，手背流着血。

"是他呀！他呀！"我的五岁的小孩叫着说，用手指指着。

那是六号的小孩。他坐在他的汽车里，睁着愤怒的眼睛望着我的孩子。

"是他来撞我的！"他说。

"是他呀！他对我一直冲了过来！"我的大孩子哭号着说。"他恨我的车子跑得快！"

"要你赔！"小的孩子叫着说。

"你把我车头的漆撞坏了，要你赔！"

他们开始争吵了，大家握着拳，像要相打起来。

"算了，算了，"我叫着说，"赶紧回家！"

"我早就说过，买车子不如做衣服穿！果然没几天就撞坏了！"妻也走了出来说。"没有撞坏人，还算好的呀！"

我们拖着那可怜的马车，逼着孩子回到了家里。好不容易止住了大孩子的哭泣，细细检查那辆马车，已经没有一点救济的办法，只好把它丢到屋角去。

"一定是原来就坏的，所以这样便宜哪！"妻说。

"那自然，"我说，"即使不坏，也不会结实的，所以是牺牲品啊。这十天来也玩得够了，现在就废物利用，把木头的一部分拆下来烧饭吧。"

"那不能！"大孩子着急地叫着说，"我要的！"

他立刻跑去，把那个歪曲了的马头抱住了。许久许久，我还看见他露着忧郁的眼光，翕动着嘴唇在低声地说着什么，轻轻地抚摸着他所珍爱的结束了生命的马车。

一连几天，他没有开过笑脸。

小说

黄　　金

　　陈四桥虽然是一个偏僻冷静的乡村，四面围着山，不通轮船，不通火车，村里的人不大往城里去，城里的人也不大到村里来。但每一家人家却是设着无线电话的，关于村中和附近地方的消息，无论大小，他们立刻就会知道，而且，这样的详细，这样的清楚，仿佛是他们自己做的一般。例如，一天清晨，桂生婶提着一篮衣服到河边去洗涤，走到大门口，遇见如史伯伯由一家小店里出来，一眼瞥去，看见他手中拿着一个白色的信封，她就知道如史伯伯的儿子来了信了，眼光转到他的脸上去，看见如史伯伯低着头一声不响地走着，她就知道他的儿子在外面不很如意了，倘若她再叫一声说："如史伯伯，近来萝葡很便宜，今天我和你去合买一担来好不好？"如史伯伯摇一摇头，微笑着说："今天不买，我家里还有菜吃。"于是她就知道如史伯伯的儿子最近没有钱寄来，他家里的钱快要用完，快要……快要……了。

　　不到半天，这消息便会由他们自设的无线电话传遍陈四桥，由家家户户的门缝里窗隙里钻了进去，仿佛阳光似的，风似的。

　　的确，如史伯伯手里拿的是他儿子的信：一封不很如意的信。最近，信中说，不能寄钱来；的确，如史伯伯的钱快要用完了，快要……快要……

　　如史伯伯很忧郁，他一回到家里便倒在藤椅上，躺了许久，随后便在房子里踱来踱去，苦恼地默想着。

　　"悔不该把这些重担完全交给了伊明，把自己的职务辞去，现在……"

他想，"现在不到二年便难以维持，便要摇动，便要撑持不来原先的门面了……悔不该——但这有什么法子想呢？我自己已是这样的老，这样的衰，讲了话马上就忘记，算算账常常算错，走路又踉踉跄跄，谁喜欢我去做账房，谁喜欢我去做跑街，谁喜欢我……谁喜欢我呢？"

如史伯伯想到这里，忧郁地举起两手往头上去抓，但一触着头发脱了顶的光滑的头皮，他立刻就缩回了手，叹了一口气，这显然是悲哀侵占了他的心，觉得自己老得不堪了。

"你总是这样不快乐。"如史伯母忽然由厨房里走出来，说。她还没有像如史伯伯那么老，很有精神，一个肥胖的女人，但头发也有几茎白了。"你父母留给我们的只有一间破屋、一口破衣橱、一张旧床、几条板凳，没有田，没有多的屋。现在，我们已把家庭弄得安安稳稳，有了十几亩田，有了几间新屋，一切应有的东西都有，不必再向人家去借，只有人家向我们借，儿子读书知礼，又很勤苦——弄到这步田地，也够满意了，你还是这样忧郁的做什么！"

"我没有什么不满意，"如史伯伯假装出笑容，说，"也没有什么不快乐，只是在外面做事惯了，有吃有笑有看，住在家里冷清清的，没有趣味，所以常常想，最好是再出去做几年事，而且，儿子书虽然读了多年，毕竟年纪还轻，我不妨再帮他几年。"

"你总是这样的想法，儿子够能干了，放心吧。——哦，我昨晚做了一个梦，忘记告诉你了，我看见伊明戴了一顶五光十色的帽子，摇摇摆摆地走进门来，后面七八个人抬着一口沉重的棺材，我吓了一跳，醒来了。但是醒后一想，这是一个好梦：伊明戴着五光十色的帽子，一定是做了官了；

沉重的棺材,明明就是做官得来的大财。这几天,伊明一定有银信寄到的了。"如史伯母说着,不知不觉眉飞色舞地欢喜起来。

听了这个,如史伯伯的脸上也现出了一阵微笑,他相信这帽子确是官帽,棺材确是财。但忽然想到刚才接得的信,不由得又忧郁起来,脸上的笑容又飞散了。

"这几天一定有钱寄到的,这是一个好梦。"他又勉强装出笑容,说。

刚才接到了儿子一封信,他没有告诉她。

第二天午后,如史伯母坐在家里寂寞不过,便走到阿彩婶家里去。阿彩婶平日和她最谈得来,时常来往,她们两家在陈四桥都算是第二等的人家。但今天不知怎的,如史伯母一进门,便觉得有点异样:那时阿彩婶正侧着面立在巷子那一头,忽然转过身去,往里走了。

"阿彩婶,午饭吃过吗?"如史伯母叫着说。

阿彩婶很慢很慢地转过头来,说:"啊,原来是如史伯母,你坐一坐,我到里间去去就来。"说着就进去了。

如史伯母是一个聪明人,她立刻又感到了一种异样:阿彩婶平日看见她来了,总是搬凳拿茶,嘻嘻哈哈地说个不休,做衣的时候,放下针线,吃饭的时候,放下碗筷。今天只隔几步路侧着面立着,竟会不曾看见,喊她时,她只掉过头来,说"你坐一坐"就走了进去,这显然是对她冷淡了。

她闷闷地独自坐了约莫十五分钟,阿彩婶才从里面慢慢地走了出来。

"真该死!他平信也不来,银信也不来,家里的钱快要用完了也不管!"阿彩婶劈头就是这样说,"他们男子都是这样,一出门,便任你是父亲母亲,老婆子女,都丢开了。"

"不要着急，阿彩叔不是这样一个人。"如史伯母安慰着她说。但同时，她又觉得奇怪了：十天以前，阿彩婶曾亲自对她说过，她还有五百元钱存在裕生木行里，家里还有一百几十元，怎的今天忽然说快要用完了呢？……

过了一天，这消息又因无线电话传遍陈四桥了：如史伯伯接到儿子的信后，愁苦得不得了，要如史伯母跑到阿彩婶那里去借钱，但被阿彩婶拒绝了。

有一天是裕生木行老板陈云廷的第三个儿子结婚的日子，满屋都挂着灯结着彩，到的客非常之多。陈四桥的男男女女都穿得红红绿绿，不是绸的便是缎的。对着外来的客，他们常露着一种骄矜的神气，仿佛说：你看，裕生老板是四近首屈一指的富翁，而我们，就是他的同族！

如史伯伯也到了。他穿着一件灰色的湖绉棉袍，玄色大花的花缎马褂。他在陈四桥的名声本是很好，而且，年纪都比别人大，除了一个七十岁的阿瑚先生。因此，平日无论走到哪里，都受族人的尊敬。但这一天不知怎的，他觉得别人对他冷淡了，尤其是当大家笑嘻嘻地议论他灰色湖绉棉袍的时候。

"啊，如史伯伯，你这件袍子变了色了，黄了！"一个三十来岁的人说。

"真是，这样旧的袍子还穿着，也太俭省了，如史伯伯！"绰号叫作小耳朵的珊贵说，接着便是一阵冷笑。

"年纪老了还要什么好看，随随便便算了，还做什么新的，知道我还能活……"如史伯伯想到今天是人家的喜期，说到"活"字便停了口。

"老年人都是这样想，但儿子总应该做几件新的给爹娘穿。"

"你听，这个人专门说些不懂世事的话，阿凌哥！"如史伯伯听见背后稍远一点的地方有人这样说。"现在的世界，只有老子养儿子，还有儿子养老子的吗？你去打听打听，他儿子出门了一年多，寄了几个钱给他了！年轻的人一有了钱，不是赌就是嫖，还管什么爹娘！"接着就是一阵冷笑。

如史伯伯非常苦恼，也非常生气，这是他第一次听见人家的奚落。的确，他想，儿子出门一年多，不曾寄了多少钱回家，但他是一个勤苦的孩子，没有一刻忘记过爹娘，谁说他是喜欢赌喜欢嫖的呢？

他生着气踱到别一间房子里去了。

喜酒开始，大家嚷着"坐，坐"，便都一一地坐在桌边，没有谁提到如史伯伯，待他走到，为老年人而设，地位最尊敬，也是他常坐的第一第二桌已坐满了人，次一点的第三第五桌也已坐满，只有第四桌的下位还空着一位。

"我坐到这一桌来。"如史伯伯说着，没有往凳上坐。他想，坐在上位的品生看见他来了，一定会让给他的。但是品生看见他要坐到这桌来，便假装着不注意，和别个谈话了。

"我坐到这一桌来。"他重又说了一次，看有人让位子给他没有。

"我让给你。"坐在旁边，比上位卑一点地方的阿琴看见品生故意装作不注意，过意不去，站起来，坐到下位去，说。

如史伯伯只得坐下了。但这侮辱是这样的难以忍受，他几乎要举起拳头敲碗盏了。

"品生是什么东西！"他愤怒地想，"三十几岁的木匠！他应该叫我伯伯！平常对我那样的恭敬，而今天，竟敢坐在我的上位！……"

他觉得隔座的人都诧异地望着他，便低下了头。

平常，大家总要谈到他，当面称赞他的儿子如何的能干、如何的孝顺，他的福气如何的好，名誉如何的好，又有田，又有钱；但今天座上的人都仿佛没有看见他似的，只是讲些别的话。

没有终席，如史伯伯便推说已经吃饱，郁郁地起身回家。甚至没有走得几步，他还听见背后一阵冷笑，仿佛正是对他而发的。

"品生这东西！我有一天总得报复他！"回到家里，他气愤愤地对如史伯母说。

如史伯母听见他坐在品生的下面，几乎气得要哭了。

"他们明明是有意欺侮我们！"她叹着声说，"咳，运气不好，儿子没有钱寄家，人家就看不起我们，欺侮我们了！你看，这班人多么会造谣言：不知哪一天我到阿彩婶那里去了一次，竟说我是向她借钱去的，怪不得她许久不到我这里来了，见面时总是冷淡淡的。"

"伊明再不寄钱来，真是要倒霉了！你知道，家里只有十几元钱了，天天要买菜买东西，如何混得下去！"

如史伯伯说着，又忧郁起来，他知道这十几元钱用完时，是没有地方去借的。虽然陈四桥尽多有钱的人家，但他们都一样的小气，你还没有开口，他们就先说他们怎样的穷了。

三天过去，第四天晚上，如史伯伯最爱的十五岁小女儿放学回来，把书包一丢，忍不住大哭了。如史伯伯和如史伯母好不伤心，看见最钟爱的女儿哭了起来，他们连忙抚慰着她，问她哭什么。过了许久，几乎如史伯母也要流泪了，她才停止啼哭，呜呜咽咽地说：

"在学校里，天天有人问我，我的哥哥写信来了没有，寄钱回来了没有。许多同学，原先都是和我很要好的，但自从听见哥哥没有钱寄来，都和我冷淡了，而且还不时地讥笑地对我说，你明年不能读书了，你们要倒霉了，你爹娘生了一个这样的儿子！……先生对我也不和气了，他天天骂我愚蠢……我没有做错的功课，他也说我做错了……今天，他出了一个题目，叫作《冬天的乡野》，我做好交给他看，他起初称赞说，做得很好，但忽然发起气来，说我是抄的！我问他从什么地方抄来，有没有证据，他回答不出来，反而愈加气怒，不由分说，拖去打了二十下手心，还叫我面壁一点钟……"她说到这里又哭了，"他这样冤枉我……我不愿意再到那里读书去了！……"

如史伯伯气得呆了，如史伯母也只会跟着哭。他们都知道那位先生的脾气：对于有钱人家的孩子一向和气，对于没有钱人家的孩子只是骂打的，无论他错了没有。

"什么东西！一个连中学也没有进过的光蛋！"如史伯伯拍着桌子说，"只认得钱，不认得人，配做先生！"

"说来说去，又是自己穷了，儿子没有寄钱来！咳，咳！"如史伯母揩着女儿的眼泪说，"明年让你到县里去读，但愿你哥哥在外面弄得好！"

一块极其沉重的石头压在如史伯伯夫妻的心上似的，他们都几乎透不过气来了。真的穷了吗？当然不穷，屋子比人家精致，田比人家多，器用什物比人家齐备，谁说穷了呢？但是，但是，这一切不能拿去当卖！四周的人都睁着眼睛看着你，如果你给他们知道，那么你真的穷了，比讨饭的还要穷了！讨饭的，人家是不敢欺侮的；但是你，一家中等人家，如果给了他们一点点，只要一点点穷的预兆，那么什么人都要欺侮你了，比对于讨饭的，对于狗，还厉害！……

过去了几天忧郁的时日，如史伯伯的不幸又来了。

他们夫妻两个只生了一个儿子、两个女儿：儿子出了门，大女儿出了嫁，现在住在家里的只有三个人。如果说此外还有，那便只有那只年轻的黑狗了。来法，这是黑狗的名字。它生得这样的伶俐，这样的可爱；它日夜只是躺在门口，不常到外面去找情人，或去偷别人家的东西吃。遇见熟人或是面貌和善的生人，它仍躺着让他进来，但如果遇见一个坏人，无论他是生人或熟人，它远远地就暴了起来，如果没有得到主人的许可，他就想进来，那么它就会跳过去咬那人的衣服或脚跟。的确奇怪，它不晓得是怎样辨别的，好人或坏人，而它的辨别，又竟和主人所知道的无异。夜里，如果有什么声响，它便站起来四处巡行，直至遇见了什么意外，它才噪，否则是不作声的。如史伯伯一家人是这样的爱它，与爱一个二三岁的小孩一般。

一年以前，如史伯伯做六十岁生辰那一天，来了许多客。有一家人家差了一个曾经偷过东西的人来送礼，一到门口，来法就一声不响地跳过去，在他的脚骨上咬了一口。如史伯伯觉得它这一天太凶了，在它头上打了一下，用绳子套了它的头，把它牵到花园里挂着，一面又连忙向那个人赔罪，拿药给他敷。来法起初噪着，挣扎着，但后来就躺下了。酒席散后，有的是残鱼残肉，伊云，如史伯伯的小女儿，拿去放在来法的面前喂它吃，它一点也不吃，只是躺着。伊云知道它生气了，连忙解了它的绳子。但它仍旧躺着，不想吃。拖它起来，推它出去，它也不出去。如史伯伯知道了，非常的感动，觉得这惩罚的确太重了，走过去抚摩着它，叫它出去吃一点东西，它这才摇着尾巴走了。

"它比人还可爱！"如史伯伯常常这样说。

然而不知怎的，它这次遇了害了。

约莫在上午十点钟光景，有人来告诉如史伯伯，说是来法跑到屠坊去拾肉骨吃，肚子上被屠户阿灰砍了一刀，现在躺在大门口嗥着。如史伯伯和如史伯母听见都吓了一跳，急急忙忙跑出去看，果然它躺在那里嗥，浑身发着抖，流了一地的血。看见主人去了，它掉转头来望着如史伯伯的眼睛。它的目光是这样的凄惨动人，仿佛知道自己就将永久离开主人，再也看不见主人，眼泪要涌了出来似的。如史伯伯看着心酸，如史伯母流泪了。他们检查它的肚子，割破了一尺多长的地方，肠都拖出来了。

"你回去，来法，我马上给你医好，我去买药来。"如史伯伯推着它说，但来法只是望着嗥着，不能起来。

如史伯伯没法，急忙忙地跑到药店里，买了一点药回来，给它敷上，包上。隔了几分钟，他们夫妻俩出去看它一次，临了几分钟，又出去看它一次。吃中饭时，伊云从学校里回来了。她哭着抚摩着它很久很久，如同亲生的兄弟遇了害一般的伤心，看见的人也都心酸。看看它哼得好一些，她又去拿了肉和饭给它吃，但它不想吃，只是望着伊云。

下午两点钟，它哼着进来了，肚上还滴着血。如史伯母忙找了一点旧棉花旧布和草，给它做了一个柔软的躺的窝，推它去躺着，但它不肯躺。它一直踱进屋后，满房走了一遍，又出去了，怎样留它也留不住。如史伯母哭了。她说它明明知道自己不能活了，舍不得主人和主人的家，所以又最后来走了一次，不愿意自己肮脏地死在主人的家里，又到大门口去躺着等死了，虽然已走不动。

果然，来法是这样的，第二天早晨，他们看见它吐着舌头死在大门口了，地上还流了一地的血。

"我必须为来法报仇！叫阿灰一样的死法！"伊云哭着，咒诅说。

"咳！不要作声，伊云，他是一个恶棍，没有办法的。受他欺侮的人多着呢！说来说去，又是我们穷了，不然他怎敢做这事情！……"说着，如史伯母也哭了起来。

听见"穷"字，如史伯伯脸色渐渐青白了，他的心撞得这样的厉害：犹如雷雨狂至时，一个过路的客人用着全力急急地敲一家不相识者的门，恨不得立时冲进门去的一般。

在他的账簿上，已只有十二元另几角存款。而三天后，是他们远祖的死忌，必须做两桌羹饭；供过后，给亲房的人吃，这里就须花六元钱。离开小年，十二月二十四，只有十几天，在这十几天内，店铺都要来收账，每一个收账的人都将说："中秋没有付清，年底必须完全付清的，现在……"现在，现在怎么办呢？伊明不是来信说，年底不限定能够张罗一点钱，在二十四以前寄到家吗？……他几乎也急得流泪了。

三天过去，便是做羹饭的日子。如史伯伯一清早便提着篮子到三里外的林家塘去买菜。簿子上写着，这一天羹饭的鱼，必须是支鱼。但寻遍鱼摊，如史伯伯看不见一条支鱼，不得已，他买了一条米鱼代替。米鱼的价钱比支鱼大，味道也比支鱼好，吃的人一定满意的，他想。

晚间，羹饭供在祖堂中的时候，亲房的人都来拜了。大房这一天没有人在家，他们知道二房轮着吃的是阿安，他的叔伯兄弟阿黑今年轮不到吃，便派阿黑来代大房。

阿黑是一个驼背的泥水匠，从前曾经有过不名誉的事，被人家在屋柱上绑了半天。他平常对如史伯伯是很恭敬的。这一天不知怎样，他有点异样：拜过后，他睁着眼睛，绕着桌子看了一遍，像在那里寻找什么似的。如史伯母很注意他。随后，他拖着阿安走到屋角里，低低地说了一些什么。

酒才一巡，阿黑便先动筷箸鱼吃，尝了一尝，便大声地说：

"这是什么鱼？米鱼！簿子上明明写的是支鱼！做不起羹饭，不做还要好些！……"

如史伯伯气得跳了起来，说：

"阿黑，支鱼买不到，用米鱼代还不好吗？哪种贵？哪种便宜？哪种好吃？哪种不好吃？"

"支鱼贵！支鱼好吃！"

"米鱼便宜！米鱼不好吃！"阿安突然也站了起来说。

如史伯伯气得呆了。别的人都停了筷，愤怒地看着阿黑和阿安，显然觉得他们是无理的。但因为阿黑这个人不好惹，都只得不作声。

"人家儿子也有，却没有看见过连羹饭钱也不寄给爹娘的儿子！米鱼代支鱼！这样不好吃！"阿黑左手拍着桌子，右手却只是箸鱼吃。

"你说什么话！畜生！"如史伯母从房里跳了出来，气得脸色青白了。

"没有良心的东西！你靠了谁，才有今天？绑在屋柱上，是谁把你保释的？你今天有没有资格说话？今天轮得到你吃饭吗？……"

"从前管从前，今天管今天！……我是代表大房！……明年轮到我当办，我用鲤鱼来代替！鸭蛋代鸡蛋！小碗代大碗！……"阿黑似乎不曾生气，这话仿佛并不是由他口里出来，由另一个传声机里出来一般。他只是喝一口酒，箸一筷鱼，慢吞吞地吃着。如史伯母还在骂他，如史伯伯在和别人谈论他不是，他仿佛都不曾听见。

几天之后，陈四桥的人都知道如史伯伯的确穷了：别人家忙着买过年的东西，他没有买一点，而且，没有钱给收账的人，总是约他们二十三，而且，连做羹饭也没有钱，反而给阿黑骂了一顿，而且，有一天跑到裕生木行那里去借钱，没有借到，而且，跑到女婿家里去借钱，没有借到，坐着船回来，船钱也不够，而且……而且……

的确，如史伯伯着急得没法，曾到他女婿家里去借过钱。女婿不在家里。和女儿说着说着，他哭了。女儿哭得更厉害。伊光，他的大女儿，最懂得陈四桥人的性格：你有钱了，他们都来了，对神似的恭敬你；你穷了，他们转过背去，冷笑你，诽谤你，尽力地欺侮你，没有一点人心。她小时，不晓得在陈四桥受了多少的气，看见了多少这一类的事情。现在，想不到竟转到老年的父母身上了。她越想越伤心起来。

"最好是不要住在那里，搬到别的地方去。"她哭着说，"那里的人比畜生还不如！"

"别的地方就不是这样吗？咳！"老年的如史伯伯叹着气，说。他显然知道生在这世间的人都是一样的。

伊光答应由她具名打一个电报给弟弟，叫他赶快电汇一点钱来，同时她又叫丈夫设法，最后给了父亲三十元钱，安慰着，含着泪送她父亲到船边。

但这三十元钱有什么用呢？当天付了两家店铺就没有了。店账还欠着五十几元。过年不敬神是不行的，这里还需十几元。

在他的账簿上，只有三元另几个铜子的存款了！

收账的人天天来，他约他们二十三那一天一定付清。

十二月十六日，账簿上只有二元八角的存款……

"这样羞耻的发抖的日子，我还不曾遇到过……"如史伯伯颤动着语音，说。

如史伯母含着泪，低着头坐着，不时在沉寂中发出沉重的长声的叹息。

"啊啊，多福多寿，发财发财！"忽然有人在门外叫着说。

隔着玻璃窗一望，如史伯伯看见强讨饭的阿水来了。

他不由得颤动着站了起来。"这个人来，没有好结果。"他想着走了出去。

"啊，发财发财，恭喜恭喜！财神菩萨！多化一点！"

"好，好，你等一等，我去拿来。"如史伯伯又走了进来。

他知道阿水来到是要比别的讨饭的拿得多的，于是就满满地盛了一碗米出去。

"不行，不行，老板，这是今年最末的一次！"阿水远远地就叫了起来。

"那么你拿了，我再去盛一碗来。"如史伯伯知道，如果阿水说"不行"，是真的不行的。

"差得远，差得远！像你们这样的人家，米是不要的。"

"你要什么呢？"

"我吗？现洋！"阿水睁着两只凶恶的眼睛，说。

"不要说笑话，阿水，像我们这样的人家，哪里……"

"哼！你们这样的人家！你们这样的人家！我不知道吗？到这几天，过年货也还不买，藏着钱做什么！施一点给讨饭的！"阿水带着冷笑，恶狠狠地说。

"今年实在……"如史伯伯忧郁地说。

但阿水立刻把他的话打断了：

"不必多说，快去拿现洋来，不要耽搁我的工夫！"

如史伯伯没法，慢慢地进去了，从柜子里，拿了四角钱。正要出去，如史伯母急得跳了起来，叫着说：

"发疯了吗？一个讨饭的，给他这许多钱！"

"没有办法，没有办法！"如史伯伯低声地说着，又走了出去。

"四角吗？看也没有看见。我又不是小讨饭的，哼！"阿水愤然地说，偏着头，看着门外。"一千多亩田，二万元现金的人家，竟拿出这一点点来哄小孩子！谁要你的！"

"你去打听打听，阿水！我哪里有这许多……"

"不要多说！快去拿来！"阿水不耐烦地说。

如史伯伯又进去了，他又拿了两角钱。

"六角总该够了吧，阿水？我的确没有……"

"不上一元，用不着拿出来！钱，我看得多了！"阿水仍偏着头说。

这显然是没有办法的。如史伯伯又进去了。

在柜子里，只有两元零两角……

"把这角子统统给了他算了，罢，罢，罢！"如史伯伯叹着气说。

"天呀！你要我们的命吗？一个讨饭的要这许多钱！"如史伯母气得脸色青白，叫着跳了出去。

"哼！又是两角！又是两角！"阿水冷笑地说。

"好了，好了，阿水！明年多给你一点。儿子的钱的确还没有寄到，家里的钱已经用完了……"

"再要多，我同你到林家塘警察所去拼老命！看有没有这种规矩！"如史伯母暴躁地说。

"好好！去就去！哼！……"

"她是女人家，阿水，原谅她。我明年多给你一点就是了。"如史伯伯忍气吞声地说，在他的灵魂中，这是第一次充满了羞辱。

"既这样说，我就拿着走了，到底是男人家。哼！我是一个讨饭的，要知道，一个穷光蛋，什么事情都做得出来的！……"他拿了钱，喃喃地说着，走了。

走进房里，如史伯母哭了。如史伯伯也只会陪着流泪。

"阿水这东西，就是这样的坏！"如史伯伯非常气愤地说。"真正有钱的人家，他是绝不敢这样的，给他多少，他就拿多少。今天，他知道我们穷了，故意来敲诈。"

忽然，他想到柜子里只有两元，只有两元了……

他点了一炷香，跑到厨房里，对着灶神跪下了……不一会儿，如史伯母也跑进去在旁边跪下了：

……两个人口里喃喃地祷祝着，面上流着泪……

十二月二十二日的清晨，如史伯伯捧着账簿，失了魂似的呆呆地望着。簿子上很清楚地写着：尚存小洋八角。

"啊，这是一个好梦！"如史伯母由后房叫着说，走了出来。她的脸上露着希望的微笑。

"又讲梦话了！日前不是做了不少的好梦吗？但是钱呢？"如史伯伯皱着眉头说。

"自然会应验的，昨夜，"如史伯母坚决地相信着，开始叙述她的梦了，"不知在什么地方，我看见地上泼着一堆饭，'罪过，饭泼了一地。'我说着用手去抢，却不知怎的，到手就烂了，像糨糊似的，仔细一看，却是黄色的粪。'啊，这怎么办呢，满手都是粪了。'我说着，便用衣服去揩手，哪知揩来揩去，只是揩不干净，反而愈揩愈多，满身都是粪了。'用水去洗吧。'我正想着要走的时候，忽然伊明和几个朋友进来了。'啊，慢一点！伊明慢一点进来！'我慌慌张张叫着说，着急了，看着自己满身都是粪，满地都是粪。'不要紧的，妈妈，都是熟人。'他说着向我走来，我慌慌张张地往别处跑，跑着跑着，好像伊明和他的朋友追了来似的。'怎么办呢，怎么办呢，满身都是粪！'我叫着醒来了。你说，粪不就是黄金吗？啊，这许多……"

"不见得应验。"如史伯伯说。但想到梦书上写着"梦粪染身，主得黄金"，确也有点相信了。

然而这不过是一阵清爽的微风，它过去后，苦恼重又充满了老年人的心。

来了几个收账的人，严重地声明，如果明天再不给他们的钱，他们只得对不住他，坐索了……

时日在如史伯伯夫妻是这样的艰苦，这样的沉重，他们俩都消瘦了，尤其是如史伯伯。他觉得自己仿佛是一匹拖重载的驴子，挨着饿，耐着苦，忍着叱咤的鞭子，颠蹶着在雨后泥途中行走。但前途又是这样的渺茫，没有一线光明，没有一点希望。时光留住着吧，不要走近年底！但它并不留住，它一天一天地向这个难关上走着。迅速地跨过这难关吧！但它却有意延宕，要走不走地徘徊着。咳，咳……

夜上来了。他们睡得很迟。他近来常常咳嗽，仿佛有什么哽在他的喉咙里一般。

时钟警告地敲了十二下。四周非常的沉寂。如史伯伯也已入在睡眠里。

钟敲两下，如史伯伯又醒了。他记得柜子里只有小洋八角，他预算二十四那一天就要用完了。伊明为什么这几天连信也没有呢？伊光打去的电报没有收到吗？来不及了，来不及了，现在已是二十三，最末的一天，一切店铺里的收账人都将来坐索了！这是一种什么样的耻辱！六十年来没有遇到过！不幸！不幸！

忽然，他倾着耳朵细听了，仿佛有谁在房子里轻着脚步走动似的。

"谁呀？"

但没有谁回答，轻微的脚步出去了。

"啊！伊云的娘！伊云的娘！起来！起来！"他一面叫着，一面翻起身点灯。

如史伯母和伊云都吓了一惊，发着抖起来了。

衣橱门开着，柜子门也开着，地上放着两只箱子，外面还丢着几件衣服。

"有贼！有贼！"如史伯伯敲着板壁，叫着说。

住在隔壁的是南货店老板松生，他好像没有听见。

如史伯母抬头来看，衣橱旁少了四只箱子，两只在地上，两只不见了。

"打！打！打贼！打贼！"如史伯伯大声地喊着，但他不敢出去。如史伯母和伊云都牵着他的衣服，发着抖。

约莫过去了十五分钟，听听没有动静，大家渐渐镇静了。如史伯伯拿着灯，四处照，从卧房里照起，直照到厨房。他看见房门上烧了一个洞，厨房的砖墙挖了一个大洞。

如史伯母检查一遍，哭着说把她冬季的衣服都偷去了。此外还有许多衣服，她一时也记不清楚。

"如果，"她哭着说，"来法在这里，决不会让贼进来的。……仿佛他们把来法砍死了，就是为的这个……阿灰不是好人，你记得。我已经好几次听人家说他的手脚靠不住……明天，我们到林家塘警察所去报告，而且，叫他们注意阿灰。"

"没有钱，休提起警察！"如史伯伯狠狠地说，"而且，你知道，明天如果儿子没有钱寄来，不要对人家说我们来了贼，不然，就会有更不好的名声加到我们的头上，一班人一定会说这是我们的计策，假装出来了贼，可以赖钱。你想，你想……在这样的世界上，最好是不要活着！……"

如史伯伯叹了一口气，躺倒在藤椅上，昏过去了。

但过了一会儿，他的青白的脸色渐渐鲜红起来，微笑显露在上面了。

他看见阳光已经上升，充满着希望和欢乐的景象。阿黑拿着一个极大的信封，驼背一耸一耸地颠了进来，满面露着笑容，嘴里哼着恭喜，恭喜。信封上印着红色的大字，什么司令部什么处缄。红字上盖着墨笔字，是清清楚楚的"陈伊明"。如史伯伯喜欢得跳了起来。拆开信，以下这些字眼就飞进他的眼里：

……儿已在……任秘书主任……兹先汇上大洋两千元，新正……再当亲解价值三十万元之黄金来家……

"啊！啊！……"如史伯伯喜欢得说不出话了。

门外走进来许多人，齐声大叫："老太爷！老太太！恭喜恭喜！"

阿黑、阿灰、阿水都跪在他们的前面，磕着头……

童年的悲哀（节选）

这是如何的可怕，时光过得这样的迅速！

它像清晨的流星，它像夏夜的闪电，刹那间便溜了过去，而且，不知不觉地带着我那一生中最可爱的一叶走了。

像太阳已经下了山，夜渐渐展开了它的黑色的幕似的，我感觉到无穷的恐怖。像狂风卷着乱云，暴雨掀起波涛似的，我感觉到无边的惊骇。像周围哀啼着凄凉的鬼魅，影闪着死僵的人骸似的，我心中充满了不堪形容的悲哀和绝望。

谁说青年是一生中最宝贵的时代，是黄金的时代呢？我没有看见，我没有感觉到。我只看见黑暗与沉寂，我只感觉到苦恼与悲哀。是谁在这样说着，是谁在这样羡慕着，我愿意把这时代交给了他。

啊，我愿意回到我的可爱的童年时代，回到那梦幻的浮云的时代！

神啊，给我伟大的力，不能让我回到那时代去，至少也让我的回忆拍着翅膀飞到凄凉的一隅去，暂时让悲哀的梦来充实我吧！我愿意这样，因为即使是童年的悲哀也比青年的欢乐来得梦幻，来得甜蜜啊！

那是在哪一年，我不大记得了。好像是在我十一二岁的时候。

时间是在正月的初上。正是故乡锣声遍地，龙灯和马灯来往不绝的几天。

这是一年中最欢乐的几天。过了长久的生活的劳碌，乡下人都一致地暂时搁下了重担，用娱乐来洗涤他们的疲乏了。街上的店铺全都关了门。

祠庙和桥上这里那里一堆堆地簇拥着打牌九的人群。平日最节俭的人在这几天里都握着满把的瓜子，不息地剥啄着。最正经最严肃的人现在都背着旗子或是敲着铜锣随着龙灯马灯出发了。他们谈笑着，歌唱着，没有一个人的脸上会出现忧愁的影子。孩子们像从笼里放出来的一般，到处跳跃着，放着鞭炮，或是在地上围做一团，用尖石画了格子打着钱，占据了街上的角隅。

母亲对我拘束得很严。她认为打钱一类的游戏是不长进的孩子们的表征，她平日总是不许我和其他的孩子们一同玩耍，她把她的钱柜子锁得很紧密。倘若我偶然在抽屉的角落里找到了几个铜钱，偷偷地出去和别的孩子们打钱，她便会很快地找到我，赶回家去大骂一顿，有时挨了一场打，还得挨一餐饿。

但一到正月初上，母亲就给我自由了。我不必再在抽屉角落里寻找剩余的铜钱，我自己的枕头下已有了母亲给我的丰富的压岁钱。除了当着大路以外，就在母亲的面前也可以和别的孩子们打钱了。

打钱的游戏是最方便最有趣不过的。只要两个孩子碰在一起，问一声："来不来？"回答说："怕你吗？"同找一块不太光滑也不太凹凸的石板，就地找一块小的尖石，划出一个四方的格子，再在方格里对着角画上两根斜线，就开始了。随后自有别的孩子们来陆续加入，摆下钱来，许多人簇拥在一堆。

我虽然不常有机会打钱，没有练习得十分凶狠的铲法，但我却能很稳当地使用刨法，那就是不像铲似的把自己手中的钱往前面跌下去，却是往后落下去。用这种方法，无论能不能把别人的钱刨到格子或线外去，而自己的钱却能常常落在方格里，不会像铲似的，自己的钱总是一直冲到方格外面去，易于发生危险。

　　常和我打钱的多是一些年纪不相上下的孩子，而且都知道把自己的钱拿得最平稳。年纪小的不凑到我们这一伙来，年纪过大或拿钱拿得不平稳的也常被我们所拒绝。

　　在正月初上的几天里，我们总是到处打钱：祠堂里、街上、桥上、屋檐下，画满了方格。我的心像野马似的，欢喜得忘记了家，忘记了吃饭。

　　…………

小 小 的 心

　　赖友人的帮助，我有了一间比较舒适而清洁的住室。淡薄的夕阳的光在屋顶上徘徊的时候，我和一个挑着沉重的行李的挑夫穿过了几条热闹的街道，到了一个清静的小巷。我数了几家门牌，不久便听见我的朋友的叫声。

　　"在这里！"他说，一手指着白色围墙中间的大门。

　　呈现在我的眼前的是一座半旧的三层洋楼：映在夕阳中的枯黄的屋顶露着衰疲的神情；白的墙壁现在已经变成了灰色，颇带几分忧郁；第三层的楼窗全关着，好几个百叶窗的格子斜支着；二层楼的走廊上，晾晒着几件白色的衣服。

　　我带着几分莫名的怅惘，跟着我的朋友走进了大门。这里有很清鲜的空气，小小的院子中栽着几株花木。楼下的房子比较新了一点，似乎曾经加过粉饰的工夫。厅堂中满挂着字画，一个穿西装的中年男子在那里和我的朋友招呼。经过他的身边，我们走上了一条楼梯。楼上有几个妇人和孩子在楼梯口观望着我们。楼上的厅堂中供着神主的牌位，正中的墙壁上挂着一幅面貌和善的老人的坐像，从香炉中盘绕出几缕残烟，带着沉幽的气息。供桌外面摆着两张方桌，最外面的一张桌上放着几双碗筷，预备晚餐了。我的新的住室就在厅堂东边第一间，两个门：一个通厅堂，一个朝南通走廊的两扇玻璃门。从朝东的窗子望出去，可以看见邻家园子里的极大的榕树。床铺和桌椅已由我的朋友代我布置好，我打发挑夫走了，便开始整理我的行李。

　　妇人和孩子们走到我的房里来了，眼中露着好奇的光。

　　"请坐，请坐。"我招待她们说。

　　她们嘻嘻笑着，点了点头，似乎会了意。

　　"这是二房东孙先生的夫人。"我的朋友指着一位面色黝黑的三十余岁的妇人，对我介绍说。

　　"这位老太太是住在厅堂那边，李先生的母亲。"他又指着一个和善的白头发的老妇人，说。

　　"这两位女人是他们的亲戚……"

　　"啊！啊，请她们坐吧。"我说。

　　她们仍嘻嘻地笑着，好奇的眼光不息地在我的身上和我的行李上流动。

　　最后我的朋友操着流利的本地话和她们说了。他是在介绍我，说我姓王，在某一个学校当教员，现在放了假，到某一家报馆来做编辑了。

　　"上海郎？"那位老太太这样问。

　　"上海郎。"我的朋友回答说。

　　我不觉笑了。这样的话我已经听见不少的次数，只要是说普通话，或者是说类似普通话的人，在这里是常被本地人看作上海人的。"上海"，这两个字在许多本地人的脑中好像是福建以外的一个版图很大的国名，它包含着辽宁、吉林、黑龙江、河北、河南、山东、江苏、浙江、山西、陕西、甘肃、四川、湖北、湖南、江西……一句话，这就等于中国的别名了。我的朋友并非不知道我不是上海人，只因这地方的习惯，他就顺口地承认了。

　　"上海郎！红阿！"忽然一个孩子在我的身边低声地试叫起来。

黄昏已在房内撒下了朦胧的网，我不十分能够辨别出这孩子的相貌。他有四五岁年纪，很觉瘦小，一身肮脏的灰色衣服，左眼角下有一个很长的深的疤痕，好像被谁挖了一条沟。

"顽皮的孩子！"我想，心里颇有几分不高兴。虽然是孩子，我觉得他第一次这样叫我是有点轻视的意味的。

"阿品！"果然那老太太有点生气了，她很严厉地对这孩子说了一些本地话。

"——红先生！"

"红先生……"孩子很小心地学着叫了一句，声音比前更低了。

"红先生！"另外在那里呆望着的三个小孩也跟着叫了起来。

我立刻走过去，牵住了他的小手，蹲在他的面前。我看见他的眼睛有点润湿了。我抚摩着他的脸，转过头来向着老太太说："好孩子哪！"

"好孩寄？——Peh！"她笑着说。

"里姓西米？"我操着不纯粹的本地话问这孩子说。

"姓……谭！"他沉着眼睛，好像想了一想，说。

"他姓陈，"我的朋友立刻插入说，"在这里，陈字是念做谭字的。"

我点了一点头。

"他是这位老太太的外孙——喔，时候不早了，我们出去吃饭吧！"我的朋友对我说。

我站起来，又望了望孩子，跟着我的朋友走了。

阿品，这瘦小的孩子，他有一对使人感动的眼睛。他的微黄的眼珠，好像蒙着一层薄的雾，透过这薄雾，闪闪地发着光。两个圆的孔仿佛生得太大了，显得眼皮不易合拢的模样，不常看见它的眨动，它好像永久是睁开着的。眼珠往上泛着，下面露出了一大块鲜洁的眼白，像在沉思什么，像被什么所感动。在他的眼睛里，我看见了忧郁、悲哀。

"住在外婆家里，应该是极得老人家的抚爱的——他的父母可在这里？"在路上，我这样问我的朋友。

"没有，他的父亲是工程师，全家住在泉州。"

"那么，为什么愿意孩子离开他们呢？"我好像一个侦探似的，极想知道他的一切。"大概是因为外婆太寂寞了吧。"

"不，外婆这里有三个孙子，不会寂寞的。听说是因为那边孩子太多了，才把他送到这里来的哩！"

"喔——"

我沉默了，孩子的两个忧郁的眼睛立刻又显露在我的眼前，像在沉思，像在凝视着我。在他的眼光里，我听见了微弱的忧郁的失了母爱的诉苦，看见了一颗小小的悲哀的心……

第二天早晨，阿品独自到了我的房里。"红先生！"他显出高兴的样子叫着，同时睁着他的沉思的眼睛凝望着我。我叫着他的名字，走过去牵住了他的小手。这房子，在他好像是一个神异的所在，他凝视着桌子、床铺，又抬起头凝望着壁上的画片。他的眼光的流动是这样的迟缓，每见着一样东西，就好像触动了他的幻想，他呆住了许久。

"红先生！"他忽然指着壁上的一张相片，笑着叫了起来。

我也笑了，他并不是叫那站在他的身边的王先生，他是在和那站在亭子边，挟着一包东西的王先生招呼，我把这相片取下来，放在椅子上。他凝视了许久，随后伸出一只小指头，指着那一包东西说了起来。我不懂得他说些什么，只猜想他是在问我，拿着什么东西。"几本书。"我说。他抬起头来望着我，口里咕噜着。"书！"我更简单地说，希望他能够听出来。但他依然凝视着我，显然他不懂得。我便从桌上拿起一本书，指着说，"这个，这个。"他明白了，指着那包东西，叫着："兹！兹！""读兹？"我问他说。"读兹，里读兹！"他笑着回答。"这个叫西米？"我指着茶壶。"队阁。""这叫西米？"我指着茶杯。"队杯。""队阁，队杯！队阁，队杯！"我重复地念着。想立刻记住了本地音。"队阁，队杯！队阁，队杯！"他笑着，缓慢地张着小嘴，泛着沉思的眼睛，故意反学我了。薄的红嫩的两唇，配着黄黑残缺的牙齿，张开来时很像一个破烂了的小石榴。

从这一天起，我有了一个很好的教师了，他不懂得我的话，我也不懂得他的话，但大家叽里咕噜地说着，经过了一番推测，做姿势以后，我们都能够了解几分。就在这种情形中，我从他那里学会了几句本地话。清晨，我还没有起床的时候，他已经轻轻地敲我的门。得到了我的允许，他进来了。爬上凳子，他常常抽开屉子找东西玩耍。一张纸，一支铅笔，在他都是好玩的东西。他乱涂了一番，把纸搓成团，随后又展开来，又搓成了团。我曾经买了一些玩具给他，但他所最爱的却是晚上的蜡烛。一到我房里点起蜡烛，他就跑进来凝视着蜡烛的熔化，随后挖着凝结在烛旁的余滴，用一只洋铁盒子装了起来。我把它在火上烧熔了，等到将要凝结时，取出来捻成了鱼或鸭。他喜欢这蜡做的东西，但过了几分钟，他便故意把它们打碎，要我重做。于是我把蜡烛捻成了麻雀、猴子，随后又把破烂的麻雀捻成了碗，把猴子捻成了筷子和汤匙，最后这些东西又变成了人、兔子、牛、羊……

他笑着叫着，外婆家里一个十二三岁的丫头几次叫他去吃晚饭，只是不理她。"吃了饭再来玩吧。"我推着他去，也不肯走。最后外婆亲自来了，她严厉地说了几句，好像在说，如果不回去，今晚就关上门，不准他回去睡觉，他才走了，走时还把蜡烛带了去。吃完饭，他又来继续玩耍，有几次疲倦了就躺在我身上，问他睡在这里吧，他并不固执着要回去，但随后外婆来时，也便去了。

阿品有一种很好的习惯，就是拿动了什么东西必定把它归还原处。有一天，他在我抽屉里发现了一只空的美丽的信封盒子。他显然很喜欢这东西，从家里搬来了一些旧的玩具，装进在盒子里，摇着，反复着，来回走了几次，到晚上又把玩具取出来搬回了家，把空的盒子放在我的抽屉里。盒子上面本来堆集着几本书，他照样地放好了。日子久了，我们愈加要好起来，像一家人一样，但他拿动了我的房子里的东西，还是要把它放在原处。此外，他要进来时，必定先在门外敲门或喊我，进了门或出了门就竖着脚尖，握着门键的把手，把门关上。

阿品的舅舅是一个画家，他有许多很好看的画片，但阿品绝不去拿动他什么，也不跟他玩耍。他的舅舅是一个严肃寡言的人，不大理睬他，阿品也只远远地凝望着他。他有三个孩子都穿得很漂亮，阿品也不常和他们在一块玩耍。他只跟着他的公正慈和的外婆。自从我搬到那里，他才有了一个老大的伴侣。虽然我们彼此的语言都听不懂，但我们总是叽里咕噜地说着，也互相了解着，好像我完全懂得本地话，他也完全懂得普通话一样。有时，他高兴起来，也跟我学普通话，代替了游戏。

"茶壶！"我指着桌上的茶壶说。

"茶涡！"他学着说。

"茶杯！"

"茶杯！"

"茶瓶！"

"茶饼！"

"这个叫西米？"我指着茶壶，问他。

"茶饼！"他睁着眼睛，想了一会儿，说。

"不，茶壶！"

"茶涡！"

"这个？"我指着茶杯。

"茶杯！"

"这个？"我指着茶壶。

"茶涡！"他笑着回答。

待他完全学会了，我倒了两杯茶，说："请，请！喝茶，喝茶！"

于是他大笑起来，学着说："请，请，喝茶！喝茶！里夹，里夹！"

"你喝，你喝！"我改正了他的话。

他立刻知道自己说错了，又哈哈大笑起来，随后却又故意说："你喝，你喝！"

"里夹，里夹。"

"夹里，夹里！"我紧紧地抱住了他，吻着他的面颊。

他把头贴着我的头，静默地睁着眼睛，像有所感动似的。我也静默了，一样地有所感动。他，这可爱的阿品，这样幼小的时候，就离开了他的父母，失掉了慈爱的亲热的抚慰，寂寞伶仃地寄居在外婆家里，该是有着莫名的怅惘吧？外婆虽然是够慈和了，但她还有三个孙子、一个儿子，又没有媳妇，须独自管理家务，显然是没有多大的闲空可以尽量地抚养外孙，把整个的心安排在阿品身上的。阿品是不是懂得这个，有所感动呢？我不知道。但至少我是这样的感动了。一样的，我也离开了我的老年的父母，伶仃地寂寞地在这异乡。虽说是也有着不少的朋友，但世间有什么样的爱情能和生身父母的爱相比呢？……他愿意占有我吗？是的，我愿意占有他，永不离开他……让他做我的孩子，让我们永久在一起，胶一般地把我们粘在一起……

"但是，你是谁的孩子呢？你姓什么呢？"我含着眼泪这样地问他。

他用惊异的眼光望着我。

"里姓西米？"

"姓谭！"

"不，"我摇着头，"里姓王！"

"里姓红，瓦姓谭！"

"我姓王，里也姓王！"

"瓦也姓红，里也姓红！"他笑了，在他，这是很有趣味的。

于是我再重复地问了他几句，他都答应姓王了。

外婆从外面走了进来，听见我们的问答，对他说："姓谭！"但是他摇了一摇头，说："红。"外婆笑着走了。外婆的这种态度，在他好像一种准许，从此无论谁问他，他都说姓王了，有些人对他取笑说，你就叫王先生做爸爸吧，他就笑着叫我一声爸爸。

这原是徒然的事，不会使我们满足，不会把我们中间的缺陷消除，不会改变我们的命运的。但阿品喜欢我,爱我,却是足够使我暂时自慰了。

一次,我们附近做起马戏来了。我们可以在楼顶上望见那搭在空地上的极大的帐篷,帐篷上满缀着红绿的电灯,晚上照耀得异常光明,军乐声日夜奏个不休。满街贴着极大的广告,列着一些惊人的节目:狮子,熊,西班牙女人,法国儿童,非洲男子……登场奏技,说是五国人合办的,叫作世界马戏团。承朋友相邀,我去看了一次,觉得儿童的走索、打秋千、女人的跳舞、矮子翻跟斗,阿品一定喜欢看,特选了和这节目相同,而没有狮子、熊奏技的一天,得到了他的外婆的同意,带他到马戏场去。场内三等的座位已经满了,只有头二等的票子,二等每人二元,儿童半价,我只带了两块钱。我要回家取钱,阿品却不肯,拉着我的手定要走进去,他听不懂我的话,以为我不看了,急得眼泪都快流出来。直到我在那里遇见了一位朋友,阿品才高兴地跳跃着跑了进去。

几分钟后,幕开了。一个美国人出来说了几句恭敬的英语,接着就是矮子的滑稽的跟斗。阿品很高兴地叫着,摇着手,像表示他也会翻跟斗似的。随后一个十二三岁的女孩子出来了。她攀着一根索子一直揉到帐篷顶下,在那里,她纵身一跳,攀住了一个秋千,即刻踏住木板,摇荡几下翻了几个转身,又突然一翻身,落下来,两脚钩住了木板。这个秋千架搭得非常高,底下又无遮拦,倘使技术不娴熟,落到地上,粉身碎骨是无疑的。在悠扬的军乐中,四面的观众都齐声鼓起掌来,惊羡这小女孩的绝技。我转过脸去看阿品,他只是睁着眼睛,惊讶地望着,不做一声。他的额角上流着许多汗。这时正是暑天的午后,阳光照在篷布上,场内坐满了人,外婆又给阿品罩上了一件干净的蓝衣,他一定太热了,我便给他脱了外面的罩衣,又给他抹去头上的汗。但是他一手牵着我的手，一手指着地，站了起来。我不懂得他的意思，猜他想买东西吃，便从衣袋里摸出一包糖来，递给了他，扯他再坐下来。他接了糖没有吃，望了一望秋千架上的女孩子，重又站起来要走。这样扯住他几次，我看见他的眼中包满了眼泪。我想，他该是要小便了，所以这样急，便领他出了马戏场。牵着他的手，我把他带到一个僻静的角落里，但他只是东张西望，却不肯小便。我知道他平常是什么事情都不肯随便的，又把他带到一处更僻静、看不见一个人的所在。但他仍不肯小便。许是要大便了，我想，从袋里拿出一张纸来，扯扯他的裤子，叫他蹲下。他依然不肯。他只叽里咕噜地说着，扯着我的手要走。难道是要吃什么吗？我想。带他在许多摊旁走过去，指着各种食品问他，但他摇着头，一样也不要，扯他再进马戏场又不肯。这样，他着急，我也着急了。十几分钟之后，我只好把他送回了家，我想，大概是什么地方不舒服吧？倒给他担心起来。一见着外婆，他就跑了过去，流着眼泪，指手画脚地说了许多话。

"有什么事吗？"我问他的舅舅说，"为什么就要离开马戏场呢？"

"真是蠢东西，说是翻秋千的女孩子这样高的地方掉下来怎么办呢？所以不要看了哩！"他的舅舅埋怨着他，这样告诉我。

咳，我才是蠢东西呢！我一点也没有想到这上面来，我完全忘记了阿品是一个孩子，是一个有着洁白的纸一样的心的孩子，是一个富于同情心的孩子！我完全忘记了这个，我把他当作大人，当作了一个有着蛮心的大人看待，当作了和我一样残忍的人看待了……

从这一天起，我不敢再带阿品到外面去玩耍了。我只很小心地和他在屋子里玩耍。没有必要的事，我便不大出门。附近有海，对面有岛，在沙滩上够我闲步散问，但我宁愿守在房里等待着阿品，和阿品做伴。阿品也并不喜欢怎样地到外面去，他的兴趣完全和大人的不同。房内的日常的用具，如桌子、椅子、床铺、火柴、手巾、面盆、报纸、书籍，甚至于一粒沙、一根草，在他都可以发生兴味出来。

一天，他在地上拾东西，忽然发现了我的床铺底下放着一双已经破烂了的旧皮鞋。他爬进去拿了出来，不管它罩满了多少的灰尘，便两脚踏了进去。他的脚是这样的小，旧皮鞋好像成了一只大的船。他摇摆着，拐着，走了起来，发着"铁妥铁妥"的沉重声音。走到桌边，把我的帽子放在头上，一直罩住了眼皮，向我走来，口里叫着："红先生来了，红先生来了！"

"王先生！"我对他叫着说，"请坐！请坐！喝茶，喝茶！"

"喔！多谢，多谢！"他便大笑起来，倒在我的身边。

他喜欢音乐，我买了一只小小的口琴给他，时常来往吹着。他说他会跳舞，喊着一二三，突然坐倒在地下，翻转身，打起滚来，又爬着，站起来，冲撞了几步——跳舞就完了。

两个月后，阿品的父亲带着全家的人来了。两个八九岁的女孩，一个才会跑路的男孩，阿品母亲的肚子里还怀着一个六七个月的孩子。他的父亲是一个颇有才干的人，普通话说得很流利，善于应酬。阿品的母亲正和她的兄弟一样，有着一副严肃的面孔，不大露出笑容来，也不大和别人讲话。女孩的面貌像她的父亲，有两颗很大的眼睛；男孩像母亲，显得很沉默，日夜要一个丫头背着。从外形看来，几乎使人疑心到阿品和他的姊弟是异母生的，因为他们都比阿品长得丰满，穿得美丽。

"阿品现在姓王了！"我笑着对他的父亲说。

"你姓西米，阿品？"

"姓红！"阿品回答说。

他的父亲哈哈笑了，他说："就送给王先生吧！"阿品的母亲不作声，只是低着头。

全家的人都来了，我倒很高兴，我想，阿品一定会快乐起来。但阿品却对他们很冷淡，尤其是对他的母亲，生疏得几乎和他的舅舅一样。他只比较喜欢他的父亲，但暗中带着几分畏惧。阿品对我并不因他们的来到稍为冷淡，我仍是他的唯一的伴侣，他宁愿静坐在我的房里。这情形使我非常苦恼，我愿意阿品至少有一个亲爱的父亲或母亲，我愿意因为他们的来到，阿品对我比较冷淡。为着什么，他的父母竟是这样的冷淡，这样的歧视阿品，而阿品为什么也是这样的疏远他们呢？啊，正需要阳光一般热烈的小小的心……

从我的故乡来了一位同学，他从小就和我在一起，后来也时常和我一同在外面。为了生活的压迫，他现在也来厦门了。我很快乐，日夜和他用宁波话谈说着关于故乡的情形。我对于故乡，历来有深的厌恶，但同时却也十分关心，详细地询问着一切。阿品露着很惊讶的眼光倾听着，他好像在竭力地想听出我们说的什么，总是呆睁着眼睛像沉思着什么似的。

但三四天后，他的眼睛忽然活泼了。他对于我们所说的宁波话，好像有所领会，眼睛不时转动着，不复像先前那般的呆着，凝视着，同时他像在寻找什么，要唤回他的某一种幻影。我们很觉奇怪，我们的宁波话会引起他特别的兴趣和注意。

"报纸阿旁滑姆未送来。"我的朋友要看报纸，我回答他说。报纸大约还没有送来，送报的人近来特别忙碌，因为政局有点变动，订阅报纸的人突然增加了许多……

阿品这时正在翻抽屉，他忽然转过头来望着我，嘴唇翕动了几下，像要说话而一时说不出来的样子。随后他摇着头，用手指着楼板。我们不懂得他的意思，问他要什么，他又把嘴唇翕动了几下，仍没有发出声音来。他待了一会儿，不久就跑下楼去了。回来时，他手中拿着一份报纸。

"好聪明的孩子，听了几天宁波话就懂得了吗？"我惊异地说。

"怕是无意的吧。"我的朋友这样说。

一样的，我也不相信，但好奇心驱使着我，我要试验阿品的听觉了。

"阿品，口琴起驼来吹吹好勿？"

他呆住了，仿佛没有听懂。

"口琴起驼来！"

"口琴起驼来！"我的朋友也重复地说。

他先睁着沉思的眼睛，随后眼珠又活泼起来，翕动了几下嘴唇，出去了。

拿进来的正是一个口琴！

"滑有一只Angwa！"我恐怕本地话的报纸，口琴和宁波话有点大同小异，特别想出了宁波小孩叫牛的别名。

但这一次，他的眼睛立刻发光了，他高兴得叫着"Angwa! Angwa!"，立刻出去把一匹泥涂的小牛拿来了。

我和我的朋友都呆住了。为着什么缘故，他懂得宁波话呢？怎样懂得的呢？难道他曾经跟着他的父亲，到过宁波吗？不然，怎能学得这样快？怎能领会得出呢？绝不是猜想出来，猜想是不可能的。他曾经懂得宁波话，是一定的。他的嘴唇翕动，要说而说不出来的表情，很可以证明他曾经知道宁波话，现在是因为在别一个环境中，隔了若干时日生疏了，忘却了。

充满着好奇的兴趣，我和我的朋友走到阿品父亲那里。我们很想知道他们和宁波人有过什么样的关系。

"你先生，曾经到过宁波吗？"我很和气地问他，觉得我将得到一个与我故乡相熟的朋友了。

"莫！莫！我没有到过！"他很惊讶地望着我，用夹杂着本地话的普通话回答说。

"阿品不是懂得宁波话吗？"

他突然呆住了，惊愕地沉默了一会儿，便严重地否认说："不，他不会懂得！"

我们便把刚才的事情告诉了他，并且说，我们确信他懂得宁波话。

"两位先生是宁波人吗？"他惊愕地问。

"是的。"我们点了点头。

"那么一定是两位先生误会了，他不会懂得，他是在厦门生长的！"他仍严重地说。

我们不能再固执地追问了。不知道其中还有什么关系，阿品的父亲颇像失了常态。

第二天早晨，我在房里等待着阿品，但八九点过去了，没有来敲门，也听不见外面厅堂里有他的声音。

"跟他母亲到姨妈家里去了。"我四处寻找不着阿品，便去询问他的父亲，他就是这样淡淡地回答了一句。

天渐渐昏暗了，阿品没有回来。一天没有看见他，我像失去了什么似的，只是不安地等待着。我真寂寞，我的朋友又离开厦门了。

长的日子！两天三天过去了，阿品依然没有回来！自然，和他母亲在一起，阿品是不会有什么意外的，但我却不自主地忧虑着：生病了吗？跌伤了吗？……

在焦急和苦闷的包围中，我一连等待了一个星期。第八天下午，阿品终于回来了。他消瘦了许多，眼睛的周围起了青的色圈，好像哭过一般。

"阿品！"我叫着跑了过去。

他没有回答，畏缩地倒退了一步，呆睁着沉思的眼睛。我抱住他，吻着他的面颊，心里充满了喜悦。我所失去的，现在又回来了。他很感动，眼睛里满是喜悦与悲伤的眼泪。但几分钟后，他若有所惊惧似的，突然溜出我的手臂，跑到他母亲那里去了。

这一天下午，他只到过我房里一次。没有走近我，只远远地站着，睁着沉思的眼睛凝望着我，我走过去牵他时，他立刻走出去了。

几天不见，就忘记了吗？我苦恼起来。显然的，他对我生疏了。他像有意地在躲避着我。我们中间有了什么隔膜吗？

但一两天后，阿品到我房子里的次数又渐渐加多了。虽然比不上从前那般的亲热，虽然他现在来了不久就去，可是我相信他对我的感情并未冷淡下来。他现在不很作声了，他只是凝望着我，或者默然靠在我的身边。

有一种事实，不久被我看出了。每当阿品走进我的房里，我的门外就现出一个人影。几分钟后，就有人来叫他出去。外婆，舅舅，父亲，母亲，两个丫头，一共六个人，好像在轮流地监视他，不许他和我接近。从前，阿品有点顽强，常常不听他外婆和丫头的话，现在却不同了，无论哪一个丫头，只要一叫他的名字，他就立刻走了。他现在已不复姓王，他坚决地说他姓谭了。

为着什么，他一家人要把我们隔离，我猜想不出来。我曾经对他家里的人有过什么恶感吗？没有。曾经有什么事情有害于阿品吗？没有……这原因，只有阿品知道吧。但他的话，我不懂；即使懂得，阿品怕也不会说出来，他显然有所恐怖的。

几天以后，家人对于阿品的监视愈严了。每当阿品踱到我的门前，就有人来把他扯回去。他只哼着，不敢抵抗。但一遇到机会，他又来了，轻轻地竖着脚尖，一进门，就把门关上。一听见门外有人叫阿品，他就从另一个门走出去，做出并未到过我房里的模样。有一次，他竟这样的绕了三个圈子：丫头从朝南的门走进来时，他已从朝西的门走了出去；丫头从朝西的门出去时，他又从朝南的门走了进来。过了不久，我听见他在母亲房里号叫着，夹杂着好几种严厉的詈声，似有人在虐待他的皮肤。这对待显然是很可怕的，但是无论怎样，阿品还是要来。进了我的房子，他不敢和我接近，只是躲在屋隅里，默然望着我，好像心里就满足，就安慰了。偶然和我说起话来，也只是低低的，不敢大声。

可怜的孩子！我不能够知道他的被压迫的心有着什么样的痛楚！两颗凝滞的眼珠，像在望着，像没有望着，该是他的忧郁，痛苦与悲哀的表示吧……

到底为着什么呢？我反复地问着自己。……

我不幸，阿品不幸！命运注定着，我们还须受到更严酷的处分：我必须离开厦门，与阿品分别了。我们的报纸停了版，为着生活，我得到泉州的一家学校去教书了。我不愿意阿品知道这消息。头一天下午，我紧张地抱着他，流着眼泪……他惊骇地凝视着我，也感动得眼眶里包满了眼泪。但他不知道我的痛苦的原因。随后我锁上了房门，不许任何人进来，开始收拾我的行李。第二天，东方微明，我就凄凉地离开了那所忧郁的屋子。

啊，枯黄的屋顶，灰色的墙壁……

到泉州不久，我终于打听出了阿品的不幸的消息。这里正是阿品的父亲先前工作的城市，不少知道他的人。阿品是我的同乡。他是在十个月以前，被人家骗来卖给这个工程师的……这是这里最流行的事：用一二百元钱买一个小女孩做丫头，或一个男孩做儿子，从小当奴隶使用着……这就是人家不许阿品和我接近的原因了。可怜的阿品！……

几个月后，直到我再回厦门，阿品已跟着他的父亲往南洋去。

我不能再见到阿品了……

岔　路

　　希望滋长了，在袁家村和吴家村里。没有谁知道，它怎样开始，但它伸展着，流动着，现在已经充塞在每一个人的心的深处。

　　有谁能把这两个陷落在深坑里的村庄拖出来吗？有的，大家都这样地回答说，而且很快了。

　　关爷的脸对着红的火光在闪动，额上起了油汗，眉梢高举着，睡着似的眼睛一天比一天睁大开来。他将站起来了。不用说，他的心已被这些无穷数的善男信女所打动，每天每夜的诉苦与悲号，已经激起了他的愤怒。

　　没有谁有这样的权威，能够驱散可恶的魔鬼，把袁家村和吴家村救出来，除了他。人们的方法早已用遍了：熟食，忌荤，清洁，注射……但一切都徒然。魔鬼仍在街头、巷角、屋隅，甚至空气里，不息地播扬着瘟疫的种子。白发的老人，强壮的青年，吮乳的小孩，在先后地死亡。一秒钟前，他在工作或游息，一秒钟后，他被强烈的燃烧迫到了床上，两三天后，灵魂离开了他的躯壳。

　　这是鼠疫，可怕的鼠疫！它每年都来，一到春将尽夏将始的时候，它毁灭了无数的生命，直至夏末。它不分善和恶，不姑恤老和幼，也不选择穷或富。谁在冥冥中给它撞到，谁就完了，绝没有例外。袁家村里常常发现，一个家庭里不止死亡一个人。在吴家村，有一个大家庭，一共十六个人，全都断了气。乡间的木匠一天比一天缺乏，城里的棺材也已供不应求。倘若没有那些不怕死的温州小工从城里来，每天七八十个死尸怕没有人埋葬了。尸车在大路上走过，轧轧的声音刺着每个人的心，白的幡晃摇着，像是死神的惨白的面孔。

恐怖充满在袁家村和吴家村。人口虽多，这样的持续到夏末，人烟将绝迹了。山谷，树木，墙屋，土地，都在战栗着，齐声发出绝望的呻吟。

然而，希望终于滋长了。

关爷已在那里发气，他要站起来了。

出巡！出巡！抬他出来！大家都一致地说着。

两个村长已经商议了许多次，这事情必须赶紧办起来。谁到县府去说话？除了袁家村的村长袁筱头，没有第二个。他和第一科科长有过来往。谁来筹备一切杂务？除了吴家村的村长吴大毕，也没有第二个。他的村里有许多商人和工人。费用预定两万元，两村平摊。

一天黎明，袁筱头坐着轿子进城了。

名片送到传达室，科长没有到。下午等到四点钟，来了电话，科长出城拜客去了，明天才回。袁筱头没法，下了客栈。然而第二天，科长仍没有来办公。他焦急地等待着，询问着。传达的眼睛从他的头上打量到脚跟，随后又瞪着眼睛望了他一眼。

第三天终于见到了。但是科长微笑地摇一摇头，说："做不到！"袁筱头早已明白，这在现在是犯法的。如果在五年前，自己就不必进城，要怎样就怎样；倘使不办，县知事就会贴出告示来，要老百姓办的，在鼠疫厉行的时候。可是现在做官的人全反了。他们不相信菩萨和关爷，说这是迷信，绝对禁止。告示早已贴过好几次。年年出巡的关爷一直有三年不曾抬出来了，谁都相信，今年的鼠疫格外利害，就是为的这个。三年前，曾经秘密地举行过一次，虽然捕了人，罚了款，前两年的鼠疫到底轻了许多。袁筱头不是不知道这些。正因为知道，才进城。老百姓非把关爷抬出来不可。捕人罚款，这时成了很小的事。

"人死得太多……"

"关爷没有灵。"

"没有灵，老百姓也要抬出来……"

"违法的。"

"人心不安……"

"徒然多花钱。"

袁筱头宁可多花钱。他早已和吴大毕看到这一点，商决好了，才进城的。现在话锋转到了这里，他就请科长吃饭了。一次两次密谈后，他便欣然坐着轿子回到村里。

袁家村和吴家村复活了。忙碌支配着所有的人。扎花的扎花，折纸箔的折纸箔，买香烛的买香烛，办菜蔬的办菜蔬。从前行人绝迹的路上，现在来往如梭地走着背的抬的捐的乡人，骡马接踵地跟了来。锣和鼓的声音这里那里欢乐地响了起来，有人在开始练习。年轻的姑娘们忙着添置新衣，时时对着镜子修饰面孔，她们将出色地打扮着，成群结队地坐在骡马上，跟着关爷出巡。男子们在洗刷那些积了三年尘埃的旗子、香亭、彩担。老年人对着金箔，喃喃地诵着经。小孩子们在劈啪地偷放鞭炮。牛和羊，鸡和猪，高兴地啼叫着，表示它们牺牲的心愿。虽然村中的人仍在不息地倒下，不息地死亡，但整个的空气已弥漫了生的希望，盖过了创痛和悲伤。每一个人的心已经镇定下来。他们相信，在他们忙碌地预备着关爷出巡的时候，便已得到了关爷地保护了。

没有什么能够比这更迅速，当大家的心一致，所有的手一齐工作的时候。只忙碌了三天，一切都已预备齐全。谁背旗子，谁敲锣，谁放鞭炮，谁抬轿，按着各人的能力和愿意，早已自由认定，无须谁来分配。现在只须依照向例，推定总管和副总管了。这也很简单，照例是村长担任的。袁家村的村长是袁筱头，吴家村的是吴大毕。只有这两个人。总管和副总管应做的职务，实际上他们已经同心合力地办得十分停当了。名义是空的，两个人都说，"还是你正我副。"两个人都推让着。

在往年，没有这情形，总是年老的做正。但现在可不同了。袁筱头虽然比吴大毕小了十岁，县府里的关节却是他去打通的。没有他，抬不出关爷。吴大毕非把第一把交椅让给他不可。然而袁筱头到底少活了十年，不能破坏老规矩。他得让给吴大毕。

"但是，县府里说这次是我主办的，岂不又要多花钱？"

吴大毕说出最有理由的话来，袁筱头不能再推辞了。

名义原是空的，吴大毕说。然而是老规矩，吴家村的人都这样说，当他们听见了这决定以后。年轻的把年老的挤到下位，这是大大的不敬，吴大毕怎样见人？若论功绩，拿着大家的钱，坐着轿子去送给别人，你我都会做，何况还有酒喝。吴大毕可为了这样那样小问题，忙得一刻没有休息，绞尽了脑汁！他们纷纷议论着。吴家村的空气立刻改变了。它变得这样快，电一般，胜过鼠疫地传播千万倍。大家的脸上都现着不快乐的颜色。吴大毕丢了脸，就是全村的人丢脸。这事情一破例，从此别的事情也不堪设想了。

吴家村和袁家村相隔只有半里路，可以互相望到炊烟、山谷、森林和墙屋，可以听到鸡犬的叫声。往城里去的是一条路，往关帝庙会的也是一条路。人和人会碰着脚跟，牲畜和畜生会混淆，尤其每天不可避免的，总有小孩子和小孩子吵架。在吴家村的人看起来，袁家村的人本来已经够凶了，而现在又给他们添了骄傲，以后很难抬头了，大家忧虑地想着。

吴大毕也在忧虑地想着，当天晚上，在他自己的庭中徘徊。外面的空气，他全知道。而且他是早已料到的。在他个人，本来并不打紧。他的胡须都白了，一个人活到六十七岁，还有什么看不透，何况总管一类的头衔也享受过不晓得多少次数。袁筱头虽然小了十岁，可是也已白了头发，同是一个老人，有什么高下可争。在做事方面，袁筱头的本领比他大，是事实。他自己到底太老了，不大能活动。打通县府的关节，就是最眼前的一个实例。他觉得把这个空头衔让给袁筱头是应该的。然而这在全村的人，确实很严重，他早已看到，本村人会不服，会对袁家村生恶感。平日两村的青年，是常常凭着血气，免不了冲突的。谦让是老规矩，他当时可并不坚决地要把总管让给袁筱头。但袁家村有几个青年却已经骄傲地睁着蔑视的眼光，在推袁筱头的背，促他答应了。他想避免两村的恶感，才再三谦让，决心把总管让给了袁筱头。可是现在，自己一村的人不安了。

"你这样的老实，我们以后怎样做人呢？"吴大毕的大儿子气愤地对着自己的父亲说。

"你哪里晓得我的苦衷！"

"事实就在眼前，我们吴家村的人从此抬不起头了！"他说着冲了出去。

他确实比他的父亲强。他生得一脸麻子，浓眉，粗鼻，阔口，年轻，有力，聪明，事前有计划，遇事不怕死，会打拳，会开枪。村里村外的人都有点怕他，所以他的绰号叫作吴阿霸。

吴阿霸从自己的屋内出去后，全村的空气立刻紧张了。忧虑已经变成了愤怒。有一种切切的密语飞进了每个年轻人的耳内。

同时在袁家村里，快乐充满了到处。有人在吃酒，在歌唱，在谈笑。尤其是袁载良，袁筱头的儿子，满脸光彩地在东奔西跑。"现在吴家村的人可凶不起来了，尤其是那个吴阿霸！"他说。他有一个瘦长的身材，高鼻，尖嘴，凹眼，脾气躁急，喜欢骂人。他最看不上吴阿霸，曾经同他龃龉过几次。"单是那一脸麻子，也就够讨厌了！"他常常这样说。在袁家村的人看起来，吴家村的人本来是凶狠的，自从吴阿霸出世后，觉得愈加蛮横无理了。这次的事情，可以说是给吴阿霸一个大打击，也就是给吴家村的人一个大打击。到底哪一村的力量大，现在可分晓了，他们说。

但是吴家村的人同时在咬着牙齿说，到底哪一村的力量大，明日便分晓！这一着我让你，那一着你可该让我！明天，看明天！

明天来到了。

吴家村的人很像没有睡觉，清早三点钟便已挑着抬着背着扛着一切东西，络绎不绝地从大道上走向虎头谷。关帝庙巍立，在丛林中，阴森而且严肃。在火炬的照耀下，关爷的脸显得格外红了。他在愤怒。

天明时，袁家村的人也到了。袁筱头和吴大毕穿着长袍马褂，捧着香，跪倒在蒲团上，叩着头。鞭炮声和锣鼓声同时响了起来。外面已经自由地在排行列。

"还是请老兄过去。"袁筱头又向吴大毕谦让着说。

"偏劳老弟。"

在浓密的烟雾围绕中,袁筱头严肃地走进神龛,站住在神像前,慢慢抬起低着的头。锣鼓和鞭炮声暂时静默下来。吴大毕领着所有的人跪倒在四周的阶上。一会儿,袁筱头睁着蒙眬似的眼睛,虔诚地说了:

"求神救我们袁家村和吴家村!"他说着,战颤地伸出右手,拍着神像的膝盖。

关爷突然站起来了。

锣鼓和鞭炮声又响了起来,森林和山谷呼号着。伏在阶上的人都起了战栗。

有两个童男震惊地献上一袭新袍,帮着袁筱头加在神像上。

袁筱头战栗地又拍着神像的另一膝盖,神像复了原位。

有几个人扶着神像,连座椅扛出神龛,安置在神轿里。

袁筱头挥一挥手,表示已经妥帖,四周的人便站了起来,呐喊着。

队伍开始动了。

为头的是大旗、号角、鞭炮、香亭、彩担、锣鼓、旗帜、花篮、乐队,随后又是各色的旗帜、彩担、松柏扎成的龙虎和各种动物、锣鼓、鞭炮、香亭、各种各样草扎的人、木牌、灯龙……随后捧着香的吴大毕、袁筱头、关爷的神轿……二三十个打扮着各色人物骑马的童男,百余个新旧古装的骑骡的童女……队伍在山谷和大道上蜿蜒着,呼号着,鞭炮声鼓声震撼着两旁的树木,烟雾像龙蛇似的跟着队伍一路行进。路的两旁站立着许多由邻村而来的男女和过客,惊异地观望着。他们知道这是为的什么,但是他们毫不恐惧,他们仿佛已经忘记了不幸的悲剧了。

　　是哪，就是袁家村和吴家村的人也全忘记了。行进着，行进着，他们忽然走错了路了。在袁家村和吴家村分路的大道上，队伍忽然紊乱起来。有一部分人一直向吴家村走去，一部分人在叫喊，警告他们走错了路。但他们像被各种嘈杂声蒙住了耳朵似的，仍叫喊着前进。有些人在岔路上停住了。他们警告着，阻挡着后来的队伍。可是后面仍有人冲上来。人撞着人，脚踏着脚，东西碰着了东西。辱骂的声音起来了。有人在大叫着："往吴家村去！往吴家村去！"

　　谁叫着往吴家村去呀？袁家村的人明白了：全是吴家村的人！这简直发了疯！老规矩也不记得吗？每年每年，都是先到袁家村的！每年每年都是先把神像在袁家村供奉一天，然后顺路转到吴家村去，而今天，却有人要先到吴家村了！袁家村的人不是早已杀好了猪羊，预备好了鸡鸭？要是给耽搁一天，这些东西还能吃？而且关爷迟一天巡到袁家村，不要多死一些人？该打，该打！袁家村人叫起来了。

　　"前面什么事情呀，这样的闹，这样的乱？"袁筱头和吴大毕惊异地查问着。

　　"吴家村的人要先到吴家村去，不肯依照老规矩！"袁载良愤怒地回答说，对着站在吴大毕身边的吴阿霸圆睁着眼睛。

　　"他们说，老规矩已经被袁家村的人破坏，所以也要翻新花样哩！"吴阿霸回答说，讥笑的眼光直射到袁载良的面上。

　　"这话怎样讲？"吴大毕吃惊地问。他已经有了不好的预感了。

　　"问你自己！"袁载良的愤怒的眼光移到了吴大毕面上。"你是村长，你该晓得！"

"不许闹！"袁筱头厉声地喊住了自己的儿子。

"问你父亲去吧！"吴阿霸说，"他是总管老爷哩！"

袁筱头已经明白了。他的脸突然苍白起来，显然这事情是极其严重的。前面的队伍早已紊乱，喊打声代替了炮声和鼓声，恐怖遍彻了各处。

"就传令过去，先到吴家村！"他大声地喊着。

"不行！父亲！"袁载良坚决地回答说，"全村的人不能答应！"

"为了两村的平安！"

"袁家村人宁可死光！"

"抽签！由关帝爷决定！好吗，老兄？"袁筱头转过头去问吴大毕。

"也好，老弟，由你决定吧！吴家村人太不讲理了！"

"不行！父亲！谁也不能答应的！吴老伯晓得自己的人错了，当然依照老规矩！"

"老规矩早就给你们破坏了！现在须照我们的新规矩。"吴阿霸说着，握紧了拳头，"不必抽签！我们比一比拳头，看谁的硬吧！"

"打死你这恶霸！"袁载良握着拳，跳起来，冲了过去。

"不准闹！为了两村的平安！"袁筱头把自己的儿子拦住了。

"滚开去！你这畜生！"吴大毕愤怒地紧锁了一脸的皱纹，骂起自己的儿子来。"你忘记吴家村死了多少人了！你忘记今天为什么要求关帝爷出巡了！……"

"没有办法，父亲！你可以退步，全村的人不能退步！你看我滚开了以后怎样吧！"吴阿霸说，咬着牙齿，立刻隐入在人丛中。

尖锐的哨子声接二连三地响了。打骂声，呼号声，到处回答着。队伍完全紊乱了。扁担，木杠，旗子，石头，全成了武器。年轻的从后面往前冲，年老的和妇女们往后退，连路旁的看客们也慌张地跑了开去，有的人打破了头，有的踏伤了脚，有的撕破了衣，有的挤倒在地上……山谷，森林，空气，道路，全呼号着、战栗着……鲜红的血在到处喷洒……

袁筱头和吴大毕已经被疯狂的人群挤倒在路旁的烂田中，呻吟着，低微的声音从他们受伤的口角边颤动了出来：

"关帝爷救救我们两村的人！……"

关帝爷愤怒地在路旁蹲着，他的一只眼睛已经受了石子的伤，他的一只手臂和两只腿子被木杠打脱了。他本威严地坐在神轿的椅子里，可是现在神轿和椅子全被拆得粉碎，变成了武器。强烈的太阳从上面晒到他的脸上，他的脸同火一样的红，愤怒地睁着左眼，流着发光的汗……

真正的械斗开始了。两村的人都擦亮了储藏着的刀和枪，堆起了矮墙和土垒，子弹在空中呼啸着……

瘟疫在两个村庄里巡行，敲着每一家的门，但人们开大了门，听它自由出入，只封锁了各个村庄的周围，同时又希冀着突破别人的土垒。

每个村庄里的人在加倍地死亡，没有谁注意到。仇恨毁灭了生的希望。

"宁可死得一个也不留！"吴阿霸这样说，袁载良这样说，两村的人也这样说。

秋　夜

"醒醒吧，醒醒吧。"有谁敲着我的纸窗似的说。

"啊，啊——谁呀？"我蒙眬地问，揉一揉睡眼。

黑沉沉的看不见一点什么，从帐中望出去。也没有人回答我，也没有别的声音。

"梦吧？"我猜想，转过身来，昏昏地睡去了。

不断的犬吠声，把我惊醒了。我闭着眼仔细地听，知道是邻家赵冰雪先生的小犬。阿乌和来法。声音很可怕，仿佛凄凉地哭着，中间还隔着些呜咽声。我睁开眼，帐顶映得亮晶晶。隔着帐子一望，满室都是白光。我轻轻地坐起来，掀开帐子，看见月光透过了玻璃，照在桌上、椅上、书架上、壁上。

那声音渐渐地近了，仿佛从远处树林中向赵家而来，其中似还夹杂些叫喊声。我惊异起来，下了床，开开窗子一望，天上满布了闪闪的星，一轮明月浮在偏南的星间，月光射在我的脸上，我感着一种清爽，便张开口，吞了几口，犬吠声渐渐地急了。凄惨的叫声，时时间断了呻吟声，听那声音似乎不止一人。

"请救我们被害的人……我们是从战地来的……我们的家屋都被凶恶者占去了，我们的财产也被他们抢夺尽了……我们的父母兄弟姊妹多被他们杀害尽了……"惨叫声突然高了起来。

仿佛有谁泼了一盆冷水向我的颈上似的，我全身起了一阵寒战。

"吞下去的月光作怪吧？"我想。转过身来，向衣架上取下一件夹袍，披在身上。复搬过一把椅子，背着月光坐下。

"请救我们没有父母的人，请救我们无家可归的人！……"叫声更高了，有老人、青年、妇女、小孩的声音，似乎将到村头赵家了。犬吠得更厉害，已不是起始的悲哭声，是一种凶暴的怒恨声了。

我忍不住了，心突突地跳着，站起来，扣了衣服，开了门，往外走去。忽然，又是一阵寒战。我看看月下的梧桐，起了恐怖。走回来，从枕头底下拿出一支手枪，复披上一件大衣，倒锁了门，小心地往村头走去。

梧桐岸然地站着。一路走去，只见地上这边一个长的影，那边一个大的影。草上的露珠，闪闪的如眼珠一般，到处都是。四面一望，看不见一个人，只有一个影子伴着我孤独者。"今夜有许多人伴我过夜了。"我走着想，叹了一口气。

奇怪，我愈往前走，那声音愈低了，起初还听得出叫声，这时反而模糊了。"难道失望地回去了吗？"我连忙往前跑去。

突突的脚步声，在静寂中忽然在我的后面跟来，我骇了一跳，回头一看，什么也没有。

"谁呀？"我大声地问，预备好了手枪，收住脚步，四面细看。

突突的声音忽然停止了，只有对面楼屋中回答我一声："谁呀？"

"啊，弱者！"我自己嘲笑自己说，不觉微笑了。"这样的胆怯，还能救人吗？"我放开脚步，复往前跑去。

静寂中听不见什么，只有自己突突的脚步声。这时我要追的声音，几乎听不见了。

"不要失望，不要失望，困苦者！我便是你们的兄弟，我的家便是你们的家！请回转来，请回转来！"我急得大声地喊了。

"不要失望，不要失望，困苦者！我便是你们的兄弟，我的家便是你们的家！请回转来，请回转来！"四面八方都跟着我喊了一遍。

静寂，静寂，四面八方都是静寂，失望者没有回答我，失望者听不见我的喊声。

失望和痛苦攻上我的心来，我眼泪簌簌地落下来了。

我失望地往前跑，我失望地希望着。

"啊，啊，失望者的呼声已这样远了，已这样低微了！……"我失望地想，恨不得多生两只脚拼命跑去。

呼的一声，从草堆中出来一只狗，扑过来咬住我的大衣。我吃了一惊，站住左脚，飞起右脚，往后踢去。它却抛了大衣，向我右脚扑来。幸而缩得快。往前一跃，飞也似的跑走了。

喽喽地叫着，狗从后面追来。我拿出手枪，回过身来，砰的一枪，没有中着，它的来势更凶了。砰的第二枪，似乎中在它的尾上，它跳了一跳，倒地了。然而叫得更凶了。

我忽然抬起头来，往前面一望，呼呼地来了三四只狗。往后一望，又来了无数的狗，都凶恶地叫着。我知道不妙，欲向原路跑回去，原路上正有许多狗冲过来，不得已向左边荒田中乱跑。

我是什么也不顾了，只是拼命地往前跑。虽然这无聊的生活不愿意再继续下去，但是死，总有点害怕呀。

呼呼呼的声音，似乎紧急地追着。我头也不敢回，只是匆匆迫迫越过了狭沟，跳过了土堆，不知东西南北，慌慌忙忙地跑。

这样跑了许久，许久，跑得精疲力竭，我才偷眼往后望了一望。看不见一只狗，也听不见什么声音，我于是放心地停了脚，往四面细望。

一堆一堆小山似的坟墓，团团围住了我，我已镇定的心，不禁又跳了起来。脚旁的草又短又疏，脚轻轻一动，便唰唰地断落了许多。东一株柏树，西一株松树，都离得很远，孤独地站着。在这寂寞的夜里，凄凉的坟墓中，我想起我生活的孤单与漂荡，禁不住悲伤起来，泪儿如雨地落下了。

一阵心痛，我扭缩地倒了……

"啊——"我睁开眼一看，不觉惊奇地叫了出来。

一间清洁幽雅的房子，绿的壁，白的天花板，绒的地毯。从纱帐中望出去。我睡在一张柔软的钢丝床上。洁白的绸被，盖在我的身上。一股沁人的香气充满了帐中。

正在这惊奇间，呀的一声，床后的门开了。进来的似乎有两个人，一个向床前走来，一个站在我的头旁窥我。

"要茶吗，鲁先生？"一个十六七岁的女郎轻轻地掀开纱帐，问我。

"如方便，就请给我一杯，劳驾，"我回答说，看着她的乌黑的眼珠。

"很便，很便。"她说着红了面，好像怕我看她似的走了出去。

不一刻，茶来了。她先扶我坐起，复将茶杯凑到我口边。

"这真对不起。"我喝了半杯茶，感谢地说。

"没有什么。"她说。

"但是，请你告诉我，这是什么地方，你姓什么？"

"我姓林，这里是鲁先生的府上。"她笑着说，雪白的脸上微微起了两朵红云。

"哪一位鲁先生？"

"就是这位。"她笑着指着我说。

"不要取笑。"我说。

"唔，你到处为家的人，怎的这里便不是了。也罢，请一个人来和你谈谈吧。"她说着出去了。

"好伶俐的女子。"我暗自地想。

在我那背后的影子，似乎隐没了一会儿，从外面走进了一个人。走得十分慢，仿佛踌躇未决的样子。我回过头去，见是一个相熟的女子的模样。正待深深思索的时候，她却掀开帐子，扑地倒在我的身上了。

"呀！"我仔细一看，骇了一跳。

过去的事，不堪回忆，回忆时，心口便如旧创复发般的痛，它如一朵乌云，一到头上时，一切都黑暗了。

我们少年人只堪往着渺茫的未来前进，痴子似的希望着空虚的快乐。纵使悲伤地前进，失望地希望着，也总要比回头追那过去的影快乐些吧。

在无数的悲伤着前进、失望地希望着的人之中，我也是一个。我不仅是不肯回忆，而且还竭力地使自己忘却。然而那影子真厉害，它有时会在我无意中，射一支箭在我的心上。

今天这事情，又是它来找我的。

竭力想忘去的两年前的事情，今天又浮在我眼前了。竭力想忘去的两年前的一个人，今天又突然地显在我眼前了。最苦的是，箭射在中过的地方，心痛在伤过的地方。

扑倒在我身上呜咽着的是，两年前的爱人兰英。我和她过去的历史已不堪回想了。

"啊，啊，是梦吧，兰英？"我抱住了她，哽咽地说。

"是啊，人生原如梦啊……"她紧紧地将头靠在我的胸上。

"罢了，亲爱的。不要悲伤，起来痛饮一下，再醉到梦里去吧。"

"好！"她慨然地回答着，仰起头……俄顷，她便放了我，叫着说："拿一瓶最好的烧酒来，松妹。"

"晓得。"外间有人答应说。

我披着衣起来了。

"现在是在夜里吗？"我看见明晃晃的电灯问。

"正是。"她回答说。

"今夜可有月亮？可有星光？"

"没有。夜里本是黑暗，哪有什么光？"她凄凉地说。

我的心突然跳动了一下，问道：

"啊，兰英，这是什么地方？我怎样来到这里的？"

"这是漂流者的家，你是漂流而来的。"她笑着回答说。

"啊，不要取笑，请老实地告诉我，亲爱的。"我恳切地问。

"是啊，说要醉到梦里去，却还要问这是什么地方。这地方就是梦村，你现在做着梦，所以来到这里了。不信吗？你且告诉我，没有到这里以前，你在什么地方？"

　　我低头想了一会儿，从头讲给她听。讲到我恐慌地逃走时，她笑得仰不起头了。

　　"这样的无用，连狗也害怕。"她最后忍不住笑，说。

　　"唔，你不知道那些狗多么凶，多么多……"我分辩说。

　　"人怕狗，已经很可耻了，何况又带着手枪……"

　　"一个人怎样对付？……而且死在狗的嘴里谁甘心？……"

　　"是啊，谁肯牺牲自己去救人啊！……咳，然而我爱，不肯牺牲自己是救不了人的呀……"她起初似很讥刺，最后却诚恳地劝告我，额上起了无数的皱纹。

　　我红了脸，低了头地站着。

　　"酒来了。"说着，走进来了那一位年轻的姑娘，手托着盘。

　　"请不要回想那过去，且来畅饮一杯热烈的酒吧，亲爱的。"她牵着我的手，走近桌椅旁，从松妹刚放下的盘上取过酒杯，满满地斟了一杯，凑到我的口边。

　　"啊——"我长长地叹了一口气。一饮而尽。走过去，满斟了一杯，送到她口边，她也一饮而尽。

　　"鲁先生量大，请拿大杯来，松妹。"她说。

　　"是。"松妹答应着出去了，不一刻，便拿了两只很大的玻璃杯来。

　　桌上似乎还摆着许多菜，我不曾注意，两眼只是闪闪的在酒壶和酒杯间。兰英也喝得很快，不曾动一动菜，一面还连呼着"松妹，酒，酒"，松妹"是，是"地从外间拿进来好几瓶。

我们两人，只是低着头喝，不愿讲什么话，松妹惊异地在旁看着。

无意中，我忽然抬起头来。兰英惊讶似的也突然仰起头来，我的眼光正射到她的乌黑的眼珠上，我眉头一皱，过去的影唰地从我面前飞过，心口上中了一支箭了。

我啊的一声，拿起玻璃杯，狠狠地往地上摔去，砰的一声，杯子粉碎了。

我回过头去看兰英，兰英两手掩着面，发着抖，凄凉地站着，只叫着"酒，酒"。我忽然被她提醒，捧起酒壶，张开嘴，倒了下去。

我一壶一壶地倒了下去，我一壶一壶地往嘴里倒了下去……

一阵冷战，我醒了。睁开眼一看，满天都是闪闪的星。月亮悬在远远的一株松树上。我的四面都是坟墓，我睡在濡湿的草上。

"啊，啊，又是梦吗？"我惊骇地说，忽地站了起来，摸一摸手枪，还在身边，拿出来看一看，又看一看自己的胸口，叹了一口气，复放入衣袋中。

"砰，砰，砰……"忽然远远地响了起来。随后便是一阵凄惨的哭声，叫喊声。

"唔，又是那声音？"我暗暗地自问。

"这是很好的机会，不要再被梦中的人讥笑了！"我鼓励着自己，连忙循着声音走去。

"砰，砰，砰……"又是一排枪声，接连着便是隆隆隆的大炮声。

我急急地走去，急急地走去，不一会儿便在一条生疏的街上了。那街上站着许多人，静静地听着，又不时轻轻地谈论。我看他们镇定的态度，不禁奇异起来了，于是走上几步，问一个年轻的男子。

"请问这炮声在什么地方，离这里有多少远？"

"在对河。离这里五六里。"

"那么，为什么大家很镇定似的？"我惊奇地问。

"你害怕吗？那有什么要紧！我们这里常有战事，惯了。你似乎不是本地人，所以这样胆小。"他反问我，露出讥笑的样子。

"是，我才从外省来。"我答应了这一句，连忙走开。

"惯了。"神经刺激得麻木便是"惯了"。我一面走一面想。"他既觉得胆大，但是为什么不去救人？——也许怕那路上的狗吧？"

叫喊声，哭泣声，渐渐地近了，我急急地，急急地跑去。

"请救我们虎口残生的人……请救我们无家可归的人……请救我们无父母兄弟妻女的人……你以外的人死尽时，你便没有社会了，你便不能生存了……死了一个人，你便少了一个帮手了，你便少了一个兄弟了……"许多人在远处凄凄地叫着，似像向我这面跑来，同时炮声、枪声，隆隆、砰砰地响着。

我急急地，急急地往前跑。

"唅！站住！"一个人从屋旁跳出来，拖住我的手臂。"前面流弹如雨，到处都戒严，你却还要乱跑！不要命吗？"他大声地说。

"很好，很好。"我挣扎着说，"不能救人，又不能自救……还是去求流弹的怜悯，给我幸福吧！……"

脱出手，我便飞也似的往前跑去。只听见那人"疯子！"一句话。

扑通一声，不提防，我忽然落在水中了。拼命挣扎，才伸出头来，却又沉了下去。水如箭一般地从四面八方射入我的口、鼻、眼睛、耳朵里。

"醒醒吧，醒醒吧！"有谁敲着我的纸窗，愤怒似的说。

　　"啊，啊——谁呀？"我蒙眬地问，揉一揉睡眼。

　　黑沉沉的看不见一点什么，从帐中望出去。没有人回答我，只听见呼呼地过了一阵风，随后便是窗外萧萧的落叶声。

　　"又是梦，又是梦！……"我咒诅说。